MANESSE BIBLIOTHEK DER WELTLITERATUR

Saadi · Rosengarten

SCHEICH SAADI

HUNDERTUNDEINE GESCHICHTE AUS DEM ROSENGARTEN

EIN BREVIER
ORIENTALISCHER LEBENSKUNST

AUSWAHL UND ÜBERSETZUNG
AUS DEM PERSISCHEN VON
RUDOLF GELPKE

MANESSE VERLAG

ISBN 3-7175-1354-0 (Leinen)
ISBN 3-7175-1355-9 (Leder)

Meiner Mutter
zum 70. Geburtstag am
9. September 1967

Erste Pforte

VOM WESEN UND WANDEL DER FÜRSTEN

Die gute Lüge

Einst, so habe ich gehört, sollte auf Befehl des Padeschah ein Gefangener getötet werden. Da begann dieser Verurteilte in seiner Verzweiflung den König zu lästern und zu beschimpfen – wie ja gesagt worden ist:

Sein Innerstes verrät,
wem der Tod vor Augen steht.

«Was redet er denn da?» verlangte der Schah zu wissen. Einer der Wazire, ein Mann, in dessen Herzen die Güte wohnte, erwiderte: «Er sagt, o Majestät, daß Gott mit jenen ist, die ihren Zorn überwinden und den Menschen vergeben...»

Darauf erbarmte sich der Herrscher auch wirklich des Verurteilten und begnadigte ihn. Ein anderer Minister, der das gehört hatte und in allem das Gegenteil jenes ersten war, ergriff schnell Gelegenheit und Wort und erklärte:

«Es steht unsresgleichen nicht wohl an, in der Gegenwart von Majestäten etwas anderes zu äußern als nur die reine Wahrheit, und in Wahrheit hat dieser Kerl da die Majestät mit Schmähreden beleidigt!»

Was geschah hierauf? Änderte der Schah seine Meinung von neuem? Nun, er verzog wohl das Gesicht, doch galt sein Ärger nicht dem ersten, sondern dem zweiten Wazir, und er sprach:

«In diesem Falle ist mir die Lüge lieber gewesen als die Wahrheit; denn *diese* wurzelt in Böswilligkeit, während *jene* Gutes stiften wollte. Und es sagten doch die Weisen:

Besser ist die wohlgemeinte Lüge,
als daß Wahrheit böse Wunden schlüge.»

Die Augen des Toten

Einst sah ein König von Chorasan den berühmten Sultan Mahmud im Traum. Aber der Anblick war schrecklich. Der große Herrscher und Eroberer von Hindustan lag in seiner Gruft. Sein Fleisch war verwest, sein Leib wieder Erde geworden – und doch lebten die Augen dieses Toten noch immer. Nur sie allein! Sie drehten sich in ihren Höhlen, sie starrten und hielten Ausschau ohne Ruhe und Schlaf – wonach?

Nachdem der Schah erwacht war, quälte ihn die Erinnerung an diesen Traum. Er befragte der Reihe nach alle seine Gelehrten, aber keiner von ihnen vermochte ihm das Traumgesicht zu deuten.

Endlich erhob sich ein Mann, der die Welt in seinem Herzen begraben hatte, ein Derwisch, und er sprach: «Der Sultan, den dieser Traum offenbart hat, kann seine Augen nicht schließen und nicht in die Ruhe eingehen, weil er es noch immer nicht verwunden hat, daß nun seine Reiche und Schätze anderen Herren gehören:

Man hat so viele Große schon zu Grab
  getragen,
wer sie waren, was sie hatten –
  wer kann es noch sagen?
Du, der du lebst, tu Gutes, nütze deine
  Frist,
eh dich die Stimme ruft, und du hier
  nicht mehr bist!»

Ein Wolf wird das Wolfskind

Eine arabische Räuberhorde hatte einen steilen Berggipfel befestigt und zu ihrem Stützpunkt erkoren. Von dort aus unternahmen die Mordgesellen ihre Überfälle auf Dörfer und Karawanen. Die Menschen lebten in ständiger Furcht, und auch die Krieger des Sultans waren lange Zeit hindurch machtlos gegen die Anschläge, denn die Übeltäter waren ebenso schlau wie kühn. Was also tun?

Die Befehlshaber, die über die Sicherheit des Landes zu wachen hatten, beratschlagten. Sie waren in großer Sorge, weil sie wußten, daß man diesen Räubern jetzt und so rasch wie nur möglich ihr blutiges Handwerk legen mußte; denn sonst würde ihre Macht ständig zunehmen und ihre Vernichtung schließlich unmöglich werden:

So kann den Sproß entwurzeln deine
Hand,
doch nicht den Baum, der dort ein
Leben stand.
Den Lauf der Quelle kannst du noch
bestimmen,
den Strom vielleicht nicht einmal
mehr durchschwimmen!

So heckte man denn einen Plan aus. Ein Kundschafter wurde ausgesandt, der die Räuber heimlich beobachtete. Und sieh da! Man brauchte nicht lange auf eine gute Gelegenheit zu warten. Als nun die Horde ihren Schlupfwinkel verließ und den Berghang hinunter zu Tale zog, um dort auf Opfer zu lauern, gab jener Mann den Seinen ein verabredetes Zeichen. Darauf erklomm eine Schar tapferer und kampferprobter Soldaten den Gipfel und versteckte sich dort in Schluchten und Höhlen.

Zur Nachtzeit kehrten die Räuber zurück. Gelungen war ihr Überfall, und sie selbst waren mit Beute beladen. Ahnten sie denn nicht die Gefahr, die auch ihnen diesmal drohte? Doch, nein: sie fühlten sich so sicher wie nur eh und je, entledigten sich ihrer Waffen und Lasten und streckten dann die müden Glieder zur Ruhe aus. So sorglos waren sie, daß sie nicht einmal einen Wächter bestimmten – und noch ehe es Mitternacht geworden war, hatte der Schlaf sie alle entführt:

Es hatte die Nacht die Sonne vergessen,
der Fisch den Jonas aufgefressen...

Jetzt aber brachen die Krieger aus ihren Verstecken hervor, und dieses Mal vertauschte das Schicksal die Rollen, und waren die Räuber selbst die Überfallenen. Sie alle wurden rasch überwältigt und gefesselt. Anderntags in der Frühe brachte man die Gefangenen vor den König, und dieser befahl ihre Hinrichtung.

Wer hätte auch etwas anderes erwarten können? Nun war aber einer dieser Bösewichte, der Sohn des Anführers, ein Jüngling, ja, ein halber Knabe noch, und der Rosenhain seiner Wangen hatte kaum erst zu sprießen begonnen. Ein Wazir des Königs, der den Halbwüchsigen so sah und sich seiner erbarmte, küßte den Fuß des Thrones, legte Fürbitte ein und sprach:

«Dieser Junge hat doch den Garten des Daseins eben erst betreten – und von all dem, was ihm das Leben verspricht, soll er nun gar nichts erhalten? Ist das nicht grausam? So vertraue ich denn auf die Gnade Eurer Majestät. Erweist Euch Eurem Sklaven huldvoll und vergießt nicht das Blut dieses Jünglings!»

Dem Herrscher aber gefiel diese Bitte keineswegs. Sie widersprach seiner weisen Voraussicht, und mit gerunzelten Brauen erwiderte er:

«Wer das Schlechte trägt im Grundstein
spiegelt nie der Guten Licht;
wie eine Nuß von einer Kuppel
fällt Bildung ab vom Bösewicht!

Es ist besser, die Verderbnis mit der Wurzel auszurotten, anstatt nur das Feuer zu dämpfen und den Funken zu hegen, oder die

Viper zu töten und ihr Junges zu schonen – denn solches ist nicht im Sinne einsichtiger Männer gehandelt:

> Mag auch Lebenswasser aus der
>   Wolke sprühen,
> niemals gibt der Weidenast dir Frucht.
> Mit dem Nichtsnutz sollst du dich
>   nicht mühen –
> umsonst sucht, wer im Stroh nach
>   Zucker sucht...»

Zwar mußte der Wazir wohl oder übel dieser Rede des Padeschah beipflichten, doch gab er deswegen seine Sache noch nicht verloren, und so antwortete er: «Was Eure Majestät, deren Herrschaft lange dauern möge, zu äußern geruhte, ist die reine Wahrheit. Ja, Ihr selbst sogar: wäret Ihr unter Räubern aufgewachsen und erzogen worden – Ihr wäret wohl einer der Ihren geworden. Und dennoch. Der Bursche da ist ein Kind. Ungeist und Unsitte dieser Räuberbande können in seinem Wesen noch nicht tief verwurzelt sein. Darum hege ich die Zuversicht, er werde in der Gesellschaft von Wohlgeratenen selbst auch wohl geraten; und ist denn nicht der Ausspruch des Propheten überliefert, der da sagt: ‹Jedermann wird geboren mit der Anlage zum Moslem, und daß er später ein Jude, ein Christ oder ein Magier wird, ist nur das Werk seiner Eltern...› Heißt es so nicht in der Überlieferung?»

So sprach der Minister, und einige andere Höflinge stimmten ihm bei und vereinigten ihre Fürbitte mit der seinen, bis schließlich der Schah ihnen nachgab und sprach: «Also denn, ich begnadige ihn, obwohl ich nicht glauben kann, daß dabei etwas Gutes herauskommen wird...»

Kurz – der Wazir nahm den Räuberjungen an Sohnesstatt an. Er behandelte ihn mit zärtlicher Fürsorge, erzog ihn aufs beste und ließ ihn durch gelehrte Männer unterrichten, bis er die Kunst der Rede und Gegenrede, und was sonst noch immer zum höfischen Dienste gehört, vollkommen erlernt hatte, so daß jedermann, der ihn sah und hörte, über diesen Jüngling entzückt war. Konnte der Wazir auf seinen Erfolg nicht stolz sein? Einst lobte er seinen Pflegesohn in Gegenwart des Königs und erklärte: «Die Erziehung durch Gebildete, und der Umgang mit ihnen, hat seine Früchte getragen. Die Natur dieses Jungen hat sich von Grund auf verändert, und von seiner einstigen Wildheit und Unwissenheit ist auch nicht eine Spur zurückgeblieben...» Als der Padeschah das hörte, mußte er lächeln, und er erwiderte nur die Verse:

«Ein Wolf wird am Ende das Wolfskind,
auch wenn, die es aufziehen,
Mensch sind...»

Zwei, drei Jahre waren seither vergangen. Da geschah es, daß sich der einstige Räuberknabe in aller Heimlichkeit mit einer Rotte von Schelmen verbündete. Als die Gelegenheit günstig war, überfiel und ermordete er mit seinen Spießgesellen den Wazir und dessen zwei Söhne, raffte an Schätzen zusammen, was er nur finden und schleppen konnte, und entfloh damit ins Gebirge, wo er an Stelle seines Vaters ein Rebell und Räuberhäuptling wurde.

Als man dem König diese Nachricht überbrachte, biß er sich vor Überraschung in die Hand und rief aus:

«Wer schmiedet schon ein gutes Schwert
aus schlechtem Eisen?
Durch Erziehung wird der Niemand
nie zum Weisen.
Ob du gemein mit Edlen bist,
ob edel mit Gemeinen:
beides will am Ende mir die gleiche
Sünde scheinen...»

Herrscher und Volk

Ein persischer Schah quälte seine Untertanen bis aufs Blut und raubte ihnen ihr Hab und Gut. Dies hatte zur Folge, daß jeder, der das nur irgendwie konnte, vor der Willkür dieses Tyrannen die Flucht ergriff, das Reich verließ und sich und die Seinen in fremden Landen in Sicherheit brachte. Doch wie lange konnte das so weitergehen?

Nun, allmählich verödeten die Ländereien dieses Herrschers. Immer spärlicher flossen die Einkünfte. Die Schatzkammer blieb leer, und es drohten Feinde von überallher. Nicht umsonst ist gesagt worden:

Wer immer im Unglück auf Freunde
will zählen,
dem darf in den Tagen des Glücks
nicht die Großmut fehlen.

Dein Sklave, bist du nicht gütig,
wird dir entweichen –
der Fremde, tust du ihm Gutes,
von der Seite nicht weichen.

Einst wurde in Gegenwart des Schahs aus dem «Königsbuch» des Dichters Ferdousi vorgelesen, und zwar die Geschichte des Tyrannen Zohhak und dessen Tod durch die Hand des Heldenjünglings Feridun.

Da sprach der Wazir, der viel besser war als sein Herr: «Wie konnte es wohl nur geschehen, daß dieser Feridun den mächtigen Bösewicht Zohhak besiegte, obwohl er doch gar nichts besaß: keine Schätze, keine Söldner, kein Land?»

«Das hast du doch soeben gehört», erwiderte der Schah, «das Volk selbst hat sich um diesen Jüngling geschart! Alle haben sie ihm zugestimmt und geholfen, mit Leidenschaft, und *so* ist er auf den Thron gelangt...»

«O König», rief da der Wazir aus, «wenn das so ist, und die Zustimmung und Hilfe des Volkes einem Herrscher den Thron gewinnt – warum vertreibst und zerstreust denn *du* dein Volk? Weshalb schadest du dir? Bist du vielleicht deiner Herrschaft müde geworden?

Setze für dein Heer dein Leben ein,
denn ein Sultan ist kein Sultan mehr
allein...»

Als der König das hörte, fragte er: «Aber wie kommt es denn dazu, daß sich Volk und Heer um einen Herrscher scharen?»

«Dadurch», gab der Wazir zur Antwort, «daß dieser König edelmütig und barmherzig ist und seine Herrschaft für die Menschen eine Zuflucht, an die sie glauben und auf die sie vertrauen können. *Du* aber bist weder edelmütig noch barmherzig:

Nicht gebührt die Herrschaft dem
Despoten,
nicht der Hirtenstab des Wolfes Pfoten.
Wer mit Bedrückung herrscht, und
mit Gewalt,
raubt seinem eignen Thron Gewicht
und Halt!»

So sprach der wohlmeinende Wazir; aber dem Schah gefiel sein Rat keineswegs. Voll Ärger und Zorn verzog er das Gesicht und gab Befehl, den aufrichtigen Mahner in den Kerker zu werfen. Doch Wahrheit bleibt Wahrheit – auch wenn man den, der sie ausspricht, zum Verstummen bringt!

Kurze Zeit darnach brach im Reich jenes Tyrannen ein Aufstand aus. Sein eigenes Geschlecht, seine leiblichen Vettern erhoben sich wider ihn, brachten ein Heer zusammen und forderten die Krone als ihr rechtmäßiges Erbe. Nun zeigten sich die Früchte der Gewaltherrschaft! Alle jene, die der König durch seine Willkür und Bedrückung zur Verzweiflung gebracht oder außer Landes getrieben hatte – sie standen jetzt auf wie *ein* Mann, scharten sich um seine Gegner und brachten seinen Thron und ihn selber zu Fall:

Hältst du Frieden mit den Untertanen,
so fürchte nicht, was deine Feinde planen.
Eines guten Königs Schirm und Wehr
ist immer seines eignen Volkes Heer.

Die Heilung des Seekranken

Ein persischer Page wurde von seinem Padeschah auf eine Seefahrt mitgenommen. Nun hatte aber dieser Jüngling das Meer noch nie zuvor gesehen. Er ahnte also nichts von den Plagen und Tücken einer Schiffsreise – und als das Boot so dahintanzte durch Wellentäler und über Wogenkämme, packte ihn Furcht, ja Todesangst. Er zitterte an allen Gliedern, weinte und wehklagte laut. Die Mitreisenden versuchten ihn zu trösten und ihm Mut einzureden, aber der Page hörte nicht auf sie und wollte sich je länger, um so weniger beruhigen. Was tun? Es wußte sich niemand einen Rat, und das Benehmen des Jungen verdarb dem König Genuß und Laune.

Schließlich meldete sich jemand zum Wort, der bisher geschwiegen und nur zugehört hatte: ein gelehrter Mann, ein Meister der Wissenschaften.

«Wenn Ihr gestattet», so sprach er zum Herrscher, «werde ich diesen Burschen das Stillesein lehren.»

«Nichts wäre mir lieber!» erwiderte der Schah.

Darauf gab der Meister Befehl, den Pagen ins Meer zu werfen. Gesagt, getan! Der Junge versank, tauchte wieder auf, wurde von neuem überspült; und erst, nachdem sich das mehrmals wiederholt hatte, zog man ihn an den Haaren zum Bootsrand, wo er mit beiden Händen das Steuerruder umklammerte. Als er dann endlich wieder im Schiff und in Sicherheit war, verkroch er sich in einen Winkel und ließ keinen Laut mehr hören – genau, wie der weise Mann das ja vorausgesagt hatte.

Darüber staunte der Padeschah, und er fragte: «Wie kommt denn das?»

«Nun», antwortete sein Ratgeber, «seit dieser Grünschnabel das Übel des Versinkens und Ertrinkens gekostet hat, weiß er die Sicherheit des Schiffes zu schätzen! So ist es doch immer und mit allem: je mehr einer am eigenen Leib die Krankheit erfahren hat, um so besser weiß er, was Gesundheit ist, und um so dankbarer ist er dafür...»

Dir, Satter, will das Gerstenbrot nicht
 schmecken,
nach dem sich Hungrige die Finger
 lecken.
Das Fegefeuer scheint dem Seligen
 der Hölle gleich,
doch dem Verdammten so wie Eden
 freudenreich.
Und wer den Weg in Lieblings Arme
 findet,
fühlt wie jener nicht, der sich in
 Sehnsucht windet.

Fürchte die Furcht

Nach seiner Thronbesteigung ließ der altpersische König Hormoz die Minister seines Vaters absetzen und einkerkern. Darüber verwunderte sich jedermann, und man fragte den Schah:

«Wessen haben sich denn diese Männer schuldig gemacht, daß Eure Majestät sie so schlecht zu behandeln geruht?»

«Von einer Schuld ist mir nichts bekannt geworden», erwiderte der Herrscher, «doch habe ich erkannt, daß diese Ratgeber meines Vaters grenzenlose Angst vor mir hatten. Sie sind deshalb unfähig, mir in ihren Herzen voll zu vertrauen. Wir, sie und ich, hätten uns gegenseitig belauert. Sie hätten jederzeit auf mein Verderben sinnen können, aus Furcht und Besorgnis um ihr eigenes Wohl... Dem habe ich zuvorkommen müssen. Ich habe nach diesem Ratschlag der Weisen gehandelt, der da heißt:

Fürchte *den*, o Einsichtsvoller,
 den die Furcht vor *dir* bewegt,
hast du auch im Schlachtgetümmel
 Hunderte wie ihn erlegt!
Bedenke, daß aus Furcht die Katzen
 Panthern in die Augen springen,
und daß aufgeschreckte Schlangen
 Hirten oft zu Falle bringen...»

Erfüllter Wunsch

Ein arabischer König lag alt und krank in seinem Palast. Der Tod hatte die Hand nach ihm ausgestreckt, und es band ihn keinerlei Hoffnung oder Furcht mehr an das Treiben dieser Welt. So stand es um den Monarchen, als plötzlich ein Reiter in den Hof sprengte, sich eilig aus dem Sattel schwang, vor den König trat und meldete:

«Ich bringe Freudenbotschaft! Sieg! Was Ihr, Majestät, so lange ersehnt habt, ist nunmehr in Erfüllung gegangen. Gefallen ist die Feste des Feindes, gefangen sind die Gegner, und jenes Land und Volk sind Eurer Herrschaft unterworfen...»

Als der sterbende Greis das hörte, stieß er mit Mühe seinen erkaltenden Atem aus und erwiderte: «Für *mich* ist das kein Sieg und keine Freudenbotschaft mehr. Jene Feinde also sind besiegt, und wer sich darüber freuen wird, sind andere Feinde – meine Erben:

Mein Herzenswunsch, ein Leben lang
gehegt,
ward Wirklichkeit, als ich zum Sterben
mich gelegt.
Was soll nun die Erfüllung, da doch das
Leben schwand,
und keiner es zurückbringt in meine
leere Hand?
In blindem Wahn floß mir die Zeit
dahin –
schaut, daß *ihr* weiterkommt,
als *ich* es heute bin!»

Das Bittgebet für den Tyrannen

Einst kam ein Derwisch, der dafür berühmt war, daß der Allmächtige seine Gebete erhörte, nach Baghdad. Damals regierte dort als Gouverneur des Kalifen der berüchtigte Haddschadsch, der die Menschen quälte und bedrückte. Als man dem Machthaber die Ankunft jenes Derwischs meldete, ließ er ihn vor sich bringen und sprach:

«Dein Gebet, so heißt es überall, hat besondere Kraft. So erbitte denn Allahs Segen für mich!»

«O du Allerhöchster», betete darauf der Derwisch, «nimm doch seine Seele aus dieser Welt hinweg...»

«Um Himmels willen», rief voll Entsetzen der Tyrann, «und *das* soll ein Bittgebet um Segen sein?!»

«Gewiß», versicherte der Derwisch, «denn seine Erfüllung wäre doch ein Segen für dich selbst und für alle Gläubigen:

Dein Geschäft, du Menschenschinder,
soll wie lang noch blühen?
Sieh, dein Tod befreit die Welt
und dich selbst von tausend Mühen!»

Der fromme Mittagsschlaf

Ein ungerechter Herrscher stellte einst einem Eremiten die Frage: «Welche Art von Gottesverehrung hältst du für die beste?»

«Für *dich*», antwortete der Fromme, «ist das der Mittagsschlaf; denn dann können doch deine geplagten Untertanen ein Stündchen oder zwei aufatmen und sich erholen von dir...»

Als einen Quälgeist ich um Mittag
schlummern sah,
sprach ich: «der Welt geht's besser,
ist der Kerl nicht da»;
der, dessen Schlaf man vorzieht
seinem Wachen,
der würde besser gar nicht mehr
erwachen.

Vom rechten Maß

Es geschah einmal, daß ein Padeschah ein großes Fest feierte. Im Kreis der Vertrauten und beim Klang der Flöten und Lauten ward ihm die Nacht zum Tage, und der Mond bestaunte das Gelage. Wer hätte an Schlafen gedacht in solcher Gesellschaft? Der König wurde im Gegenteil immer wacher, seine Laune strahlender von Stunde zu Stunde, bis er schließlich auf dem Gipfel glückseliger Trunkenheit mit lauter Stimme die Verse sprach:

«Nichts in der Welt wiegt diesen
Augenblick mir auf,
und nichts sein Glück.
Versunken ist, was gut, was böse war
am Weltenlauf –
es blieb vom Gram kein Gran zurück...»

Draußen vor der Palasthalle lag, nur mit Fetzen bekleidet, ein Derwisch in der Kälte. Auch er schlief nicht, und als nun die Worte des Schahs sein Ohr erreichten, weckten sie in seinem Herzen ein Echo, und er richtete sich auf und erwiderte:

«O der du in der Welt an Glück
nicht deinesgleichen hast:
vom Gram blieb dir kein Gran zurück,
da er bei *mir* zu Gast!»

Diese Antwort des frommen Vagabunden entzückte den König. Sie sollte belohnt werden! Der Fürst griff also nach einem Lederbeutel mit tausend Goldstücken darin, trat damit an die Brüstung der Halle, lehnte sich darüber und rief: «Halte den Saum deines Gewandes hoch, o Derwisch!»

«Wo soll ich den Saum hernehmen, da ich kein Gewand besitze?» gab der heimatlose Gottesmann zurück.

Das rührte das Herz des Königs noch viel mehr. Er ließ ein Ehrenkleid bringen – eines von der Art, wie es sonst nur den

Großen bei Hofe für besondere Verdienste verliehen wird –, und sandte es zusammen mit dem Gold dem Derwisch. So weit, so gut!

Aber der Arme, der nie zuvor etwas besessen hatte und nun auf einmal so reich beschenkt worden war, verjubelte und verpraßte die Gabe in kürzester Zeit – wie es ja heißt:

So wenig wie Wasser im Sieb,
wie Geduld im verliebten Sinn,
bleibt in der Vagabunden Hand
Beute und Gewinn...

Nachdem er nun wieder zum Habenichts geworden war, erschien unser Derwisch von neuem beim Padeschah, um von diesem abermals eine milde Gabe zu erbetteln. Aber was einmal gelang, braucht nicht immer zu gelingen! Diesmal feierte der Schah auch kein Fest und war nicht heiter gestimmt, sondern im Gegenteil überhäuft mit Sorgen um seine Herrschaft und belastet von wichtigen Regierungsgeschäften.

So erregte denn der zudringliche Derwisch seine Wut, und er schrie: «Werft ihn hinaus, diesen elenden Bettler, diesen Frechling, Prasser und Fresser, der ein so großes Geschenk so schändlich verschwendet hat! Ja, fort mit ihm, mir aus den Augen! Meine Schatzkammer soll den Hunger der Unglücklichen stillen, aber nicht die Gier solcher Teufelsbrüder!»

«O Majestät», sagte da einer der Wazire, ein Mann voll Lebensklugheit, der damals auch den Vorgang während jenes Festes beobachtet und dazu geschwiegen hatte, «mir scheint, daß Ihr *beide* Male gefehlt habt! Zuerst gabt Ihr diesem Derwisch zuviel auf einmal. Hättet Ihr ihm ein Weniges, aber dafür zu mehreren Malen gegeben, und auch dafür gesorgt, daß er es nicht vergeudet, so hätte ihm das wohl helfen können... Dann aber, zweitens, ist es auch nicht recht, daß Ihr ihn jetzt so schmählich hinauswerfen laßt, nachdem Ihr ihn einmal so übermäßig verwöhnt habt! Es schickt sich nicht für Edelmänner, erst durch Güte jemandes Hoffnung zu wecken und diese hernach in Verzweiflung zu verwandeln. Darum ist es so wichtig, Maß zu halten nach beiden Seiten, im Wohltun wie in der Strenge:

> Leichtfertig öffne nicht der Wünsche Tor,
> hartherzig schiebe nicht den Riegel vor!»

Macht und Weisheit

Ein Wazir hatte die königliche Gunst und infolgedessen auch sein Amt verloren. Was tat er nach diesem Sturz? Er kehrte der Welt, ihrem lauten Treiben und launischen Glück, den Rücken zu, schloß sich den Derwischen an und wurde einer der ihren. Der Umgang mit jenen, die im Strom der Vergänglichkeit nach Dauer suchten, erwies sich als ein Segen für den ehemaligen Großen, und er fand endlich den inneren Frieden, nach dem er bisher umsonst gestrebt hatte.

Inzwischen hatte aber der Padeschah seine Meinung wieder geändert und berief seinen früheren Minister erneut an den Hof. Aber dieser weigerte sich und gab zur Antwort:

«Frei sein von Bürden ist besser als Ehren und Würden! Für mich gelten die Verse:

Die diese Welt in einem Winkel
  überwanden,
vor der Menschenzungen Hecheln
  Ruhe fanden,
kehren nicht zurück zu Feder und
  Erlassen,
zu Zank und Zwist, die sie so gern
  verlassen...»

Als der Padeschah das hörte, stieg sein einstiger Ratgeber noch in seiner Achtung. Er wollte sich nicht damit abfinden, auf die Dienste eines solchen Mannes verzichten zu müssen, suchte ihn selber auf und sprach:

«Diese deine Weisheit ist doch genau *das*, dessen wir bedürfen, um in der rechten Weise zu herrschen!»

«O Majestät», erwiderte da der frühere Wazir, «es ist aber gerade das Kennzeichen solcher Weisheit, daß sie sich *dazu* nicht hergeben will...»

Gewinn und Gefahr des Fürstendienstes

Eines Tages unterhielt ich mich mit einem meiner Freunde, als er plötzlich anfing, mir sein Unglück zu klagen.

«Sieh», so sprach er, «ich habe eine große Familie und kann sie doch kaum ernähren, da mein Einkommen so gering ist! Was soll ich denn nur tun? Die Bürde der Armut erdrückt mich – nein, länger kann ich das nicht mehr ertragen. Schon so oft habe ich mit dem Gedanken gespielt, alle und alles zu verlassen, auszuwandern und ein neues Leben in einem fremden Land zu beginnen, wo niemand mich kennt und wo keiner von meinen Vorzügen und Mängeln etwas weiß:

Wie viele schlafen hungrig ein,
und niemand kennt sie.
Wie viele sterben doch,
und wer beweint und nennt sie?

Aber dann wieder stelle ich mir die Schadenfreude meiner Feinde vor und höre sie spotten:

‹Vergiß ihn, den Ehrlosen,
dem niemals das Glück wird lachen.
Er läßt im Elend die Seinen,
um selbst aus dem Staub sich zu
machen!›

Nein, auch das ist nicht der richtige Weg. Aber gibt es denn keinen andern? Sieh, ich verstehe doch, wie du weißt, allerhand von der Kunst der Rechnungsführung. *Du* aber, o Saadi, hast Einfluß und Beziehungen. Wenn ich nun mit deiner Hilfe eine Anstellung am Hof erhalten und so meinen Sorgen entrinnen könnte, wäre ich dir wahrhaftig dankbar bis ans Ende meines Lebens!»

«Ach, mein Bruder», erwiderte ich, «wisse, der Dienst an Fürstenhöfen hat *zwei* Seiten: Hoffnung und Furcht. Hoffen kannst du auf Hab und Gut, und fürchten mußt du um deinen Kopf. Die Weisen aber raten uns, nicht um der Hoffnung willen die Furcht zu wählen...»

«Was du da sagst», erklärte der Freund, «hat nichts zu tun mit meiner Lage und beantwortet auch nicht meine Frage! Kennst du nicht das Sprichwort: ‹Wer begangen hat Verrat, zittert, wenn der Richter naht›? Für *mich* jedoch gilt etwas anderes, nämlich:

Wahrhaftigkeit gewinnt sich Gottes
    Huld,
noch sah ich keinen stürzen ohne Schuld.

Und die Gelehrten haben ja auch gesagt: ‹Es lebt der Bösewicht in Furcht vor dem Gericht – darum zittert vor dem Sultan der Verbrecher, vor dem Wächter der Dieb, vor dem Angeber der Wüstling, vor dem Polizisten die Hure; den aber, dessen Rechnung aufgeht, ihr nicht in Angst und Schrecken seht...› Und ferner:

Du fürchte nichts, wenn dein Gewissen
    rein ist –
wer bürstet das Gewand,
    auf dem kein Flecklein ist?

Was hätte also einer wie *ich* schon zu fürchten?»

«Nun ja», gab ich zur Antwort, «schön und gut; aber kennst du auch die Geschichte vom Fuchs und dem Kamel? Die scheint mir geeignet für dich – so hör denn! Eines Tages sah man einen Fuchs, wie er mit Windeseile vor irgend jemand oder irgend etwas davonrannte. ‹Was eilst du denn so›, fragte man ihn, ‹welches Übel hat dich so erschreckt?› Er antwortete: ‹Ich habe vernommen, daß man die Kamele einfangen und zum Frondienst zwingen will...› ‹Du Einfaltspinsel›, lachte man ihn aus, ‹bist *du* vielleicht ein Kamel? Was geht denn *dich* ein Kamel schon an?› ‹Seid still›, erwiderte der schlaue Fuchs, ‹was wißt denn ihr? Wenn nun meine Feinde und Neider mich verderben wollen und sagen: *der* da ist ein Kamel! – wer wird mir dann helfen und mich befreien? Bis die Wahrheit endlich ans Licht kommt, bin ich vielleicht schon gestorben; und was nützt sie mir dann noch?›...»

«Siehst du», so fuhr ich nach dieser Fabel

fort, «genau so könnte es auch dir ergehen! Gewiß bist du tüchtig und rechtschaffen und aufrichtig. Aber vergiß nicht die Verderber und Verleumder, die im Hinterhalt lauern, um dir das Leben zu versauern! Wie makellos dein Handeln und Wandeln auch immer sein mag: *sie* versichern und beschwören das Gegenteil, und wenn du darauf beim Padeschah in Ungnade fällst, und wenn man dich beschuldigt und anklagt – was kann dir deine Unschuld dann helfen? Darum halte ich es für besser, daß du genügsam dein Tagewerk wie bisher verrichtest und auf Regierungsämter und Ehren verzichtest:

Schätze ohne Zahl birgt zwar das Meer,
doch nur das Ufer gibt dir Schutz
und Wehr...»

So sprach ich. Aber meinem Freund wollten meine Worte gar nicht gefallen. Er verzog säuerlich das Gesicht, geriet in Zorn und begann mich zu schmähen: «Das nennst du wohl Reife und Einsicht, Erkenntnis und

Weitsicht? Wahrhaftig! Wie richtig ist doch, was kluge Köpfe gesagt haben: ‹Im Gefängnis nur wirst du die Freunde erkennen; am Festmahl auch Feinde sich Freunde nennen›... Ich aber sage dir jetzt:

Mein Freund ist *der* nicht,
der im Glück mich zum Bruder gewählt;
mein Freund ist, der mich im Elend
zu seinen Freunden gezählt!»

Als ich nun einsehen mußte, daß er nicht auf mich hören wollte und meine gute für böse Absicht hielt, besann ich mich eines anderen. Ich ging zum Vorsteher der Hofkanzlei, mit dem mich eine alte Bekanntschaft verband, unterbreitete ihm den Fall meines Freundes und empfahl ihm diesen. Meine Fürsprache hatte Erfolg, und meinem Freund wurde ein kleines Amt anvertraut. Aber dabei sollte es nicht bleiben:

Es dauerte nicht lange, so erkannte man seine Tugend und Begabung. Seine Vorgesetzten lobten ihn, und er stieg rasch die Stufenleiter der Ämter empor. Immer heller strahlte sein Stern, bis er endlich den Zenit seines Strebens erreichte und der Sultan selbst ihm Zuneigung und Vertrauen schenkte. Was konnte er mehr noch verlangen?

Natürlich war ich überglücklich, meinen Freund aller Sorgen ledig und so vom Schicksal verwöhnt zu sehen; und ich sprach bei mir selbst die Verse:

«Laß Not und Leid
niemals dein Herz zerbrechen;
es wird der Lebensquell
den Damm aus Nacht durchbrechen!»

Kurze Zeit darauf unternahm ich mit einer Anzahl Gefährten die Wallfahrt nach Mekka. Auf dem Rückweg, noch zwei Tagereisen von der Heimat entfernt, empfing mich – nun, wer wohl? Mein Freund! Aber, bei Allah, wie sah er nur aus! Verstört, zerlumpt und eingefallen; nicht wie ein Höfling, sondern wie irgendein wandernder Derwisch. «Was ist denn mit dir geschehen?» rief ich aus.

«Nun, genau das, ›was du vorausgesagt hattest», erwiderte er, «mein Aufstieg gebar meine Neider. Sie tuschelten hinter meinem Rücken, streuten Verleumdungen aus und bezichtigten mich des Verrates. Der König – seine Herrschaft möge dauern! – hat ihnen ohne Beweise zu glauben geruht... Und die alten Genossen, die mein Glück einst genossen? Sie haben geschwiegen und ließen mich liegen:

Siehst du, wie demutsvoll
sie dich als Herrn begrüßen?
Und, fällst du, treten sie
dein Haupt mit Füßen!

Um die traurige Geschichte kurz zu machen: man hat mich eingekerkert, beschimpft und gequält auf jede nur mögliche Weise – bis schließlich, vor einigen Tagen, die gute Nachricht von der Rückkehr von euch Pilgern eingetroffen ist. Da hat man mich zwar aus dem Gefängnis entlassen, aber das ist auch alles; denn außer meinem Leben habe ich nichts retten können. Verloren ist, was immer ich an Ämtern und Gütern besessen hatte...»

«Glaubst du mir jetzt?» gab ich dem Unglücklichen zur Antwort. «Damals hattest du ja nicht auf mich hören wollen, als ich dir gesagt habe: der Fürstendienst gleicht einer Meerfahrt – je mehr Gewinn er verspricht, um so mehr Gefahr ist in Sicht; macht den einen das Schicksal zum Erben, läßt es vorher einen anderen sterben:

Entweder bringt der Handelsherr
den Goldschatz heim ans Land,
oder seine Leiche spült
die Brandung an den Strand...»

Der freigebige Schah

Ein junger Fürst hatte von seinem Vater große Schätze geerbt. Was tat er nun damit, nachdem er selbst den Thron bestiegen und die Herrschaft angetreten hatte? Vermehrte er noch, was sein Vorgänger gehortet hatte? O nein! Er machte vielmehr seine Hand zum Werkzeug der Großherzigkeit und erhob zum Gesetz die Freigebigkeit. Ein jeder, der seiner Hilfe bedurfte, ob Krieger, Bürger oder Bauer, fand bei ihm Gunst und Gehör:

Verbrennst du ihn nicht, den Weihrauch,
wie könnte er dich auch beglücken?
Suchst du Größe, so gib und verbrauch!
Was du säst, das wirst du pflücken.

Aber nicht allen Großen gefiel das. Einer dieser Ratgeber wollte einst in der Hofversammlung den Padeschah belehren und sprach:

«Majestät, Eure Vorgänger, die früheren Könige, haben diese Schätze mit vielen Mühen gesammelt und aufgestapelt, damit sie zur Hand seien, wenn sie einmal dringend benötigt werden sollten. Darum ändert doch Euer Gehaben! Denn seht, das Glück wird nicht ewig dauern, und im Hinterhalt mögen die Feinde lauern. Im Schoß der Zukunft mag Böses warten und zur Wüste werden der blühende Garten. Dann aber, in der Stunde der Gefahr, dürft Ihr nicht mit leeren Händen dastehen! Denn wie heißt es doch?

Verschenkst du an gemeines Volk
die Habe
erhält doch jeder nur ein Körnchen Reis.
Drum nimm von jedem du ein Silberkorn
Abgabe
und häufe Schätze auf zu deinem Preis!

Solche Vorsicht und Vorsorge, die von einem jeden ein weniges nimmt, statt es ihm zu geben, scheint mir ein Gebot der Klugheit zu sein.»

So sprach dieser Höfling. Aber der Sinn seiner Worte war dem edlen Wesen des Padeschah weder gemäß noch genehm. Der Fürst runzelte ungehalten die Brauen und erwiderte:

«Allah der Allmächtige hat mir dieses Reich anvertraut, damit ich genieße und genießen lasse – und nicht dafür, daß ich ein Wächter sei, der verborgene Schätze hütet:

In wessen Herz lebt Korah fort,
und seine vierzig Häuser, voll von
  Gütern?
Doch Anuschirwan, der Guten Hort,
lebt immerdar in seines Ruhmes
  Hütern...»

Anuschirwan und das Salz

Man berichtet, daß einst der berühmte altpersische Schah Anuschirwan der Gerechte einen Jagdausflug unternahm. Als man nun unterwegs Rast hielt, briet man dem König ein Stück Wildbret – doch sieh da! Man hatte etwas vergessen, eine Kleinigkeit, an die man sonst kaum denkt und die doch so wichtig wird, wenn man sie vermißt: nämlich Salz. Kein Körnchen davon fand sich in den Taschen und Töpfen der Köche. Nun, so schlimm war das nun wiederum nicht! Ganz in der Nähe des königlichen Lagers sah man die Hütten eines Dorfes, und wo Menschen wohnen, da gibt es gewöhnlich auch Salz. Also hieß man einen Knappen, das Gewünschte so rasch wie möglich herbeizuschaffen. Schon wollte der Jüngling voll Eifer davoneilen, als Anuschirwan ihn zurückhielt und mit den Worten ermahnte:

«Vergiß aber ja nicht, dieses Salz auch zu

bezahlen! Denn tust du das nicht, könnte dein Beispiel Schule machen, und dann wäre es schlimm um dieses Dorf bestellt.»

Die Worte des Schahs überraschten seine Begleiter, und sie fragten ihn: «Was liegt denn schon an dem bißchen Salz? Welcher Schade und welches Verderben könnten daraus entstehen?»

«Versteht ihr das denn nicht?» erwiderte Anuschirwan der Gerechte. «Aller Anfang ist klein! Zu Beginn ist die Ungerechtigkeit in dieser Welt nur winzig gewesen. Dann aber hat jeder Spätergeborene ein bißchen Unrecht hinzugefügt, bis schließlich das Übel über alle Maßen hinaus groß geworden ist; denn:

Ißt einen Apfel von des Bauern Baum
  der Schah,
sind gleich schon seine Krieger,
  den Baum zu fällen, da.
Nimmt sich der Sultan mit Gewalt
  fünf Eier,
brät tausend Hühner sich sein Heer
  zur Feier...»

Das Menschenopfer

Ein König hatte eine gräßliche Krankheit, deren Namen ich lieber verschweigen will. Sein Zustand wurde von Tag zu Tag schlimmer. Griechische Ärzte, die lange vergeblich gegen das Leiden angekämpft hatten, nannten schließlich als einzige Rettung ein Heilmittel aus der Galle eines Menschen, dessen Konstitution aber ganz bestimmte Eigenschaften aufweisen mußte, die sie ausführlich schilderten.

Man forschte nun überall nach einem solchen Menschen. Nach einer Weile entdeckte man auch wirklich einen Bauernbuben, der genau so geartet war, wie die Ärzte es beschrieben hatten. Die Eltern des Jungen wurden verständigt. Man ließ sie an den Hof kommen und erkaufte dort durch fürstliche Geschenke ihr Einverständnis zu der Opferung des Kindes. Dann holte man auch ein Gutachten des Kadi ein, in dem festgestellt wurde: «Es ist zulässig, das Blut eines Untertanen zu vergießen, wenn die Gesundheit der Majestät das erfordert...»

Nachdem also alles Notwendige in Ordnung gebracht worden war, überantwortete man den Jungen dem Schwert des Henkers. Als nun aber dieser seines Amtes walten wollte, hob der Knabe sein Gesicht dem Himmel entgegen – und lächelte. Das überraschte den König sehr. Er gab dem Henker ein Zeichen, zu warten, und fragte das Kind: «Wie kommt es, daß dir in dieser Stunde nach Lachen zumute ist?»

Der Junge sah nach dem kranken Padeschah hin und gab zur Antwort: «Von den Eltern erwartet man Zärtlichkeit, vom Richter verlangt man sein Recht, und vom Schah erhofft man Gerechtigkeit. Ist das nicht so? Wie aber steht das nun mit mir? Vater und Mutter haben mein Blut verkauft, der Richter hat meine Tötung gebilligt, und der Sultan sieht in meinem Verderben sein Heil und Gesunden... Zu wem soll ich mich da wenden? Aber mir ist eingefallen, daß es ja noch Gott gibt, der mächtiger ist als ihr alle, und ich nehme meine Zuflucht zu ihm!»

Diese Worte griffen dem König ans Herz. Tränen füllten mit einemmal seine Augen, und er rief aus: «Dieses unschuldige Kind da soll sein Leben lassen, nur, damit ich das meine behalte? Nein, nein, dann ist es schon besser, ich sterbe!»

Damit zog er den Buben in seine Arme, küßte ihm Gesicht und Augen voll Zärtlichkeit, beschenkte ihn reich und gab ihn frei. Der Padeschah aber, so wird erzählt, fand noch in der gleichen Woche seine Gesundheit wieder:

Aus dem Sinn will jener Vers mir nicht,
den mich am Nil ein Elefantentreiber
  lehrte:
Ameisen, trittst du sie, erleiden dein
  Gewicht
wie du, so dich des Elefanten Fuß
  beschwerte.

Wer andern eine Grube gräbt

Ein Sklave des Fürsten Amr ebn Leis war entwichen. Er wurde aber verfolgt, und die Häscher fingen ihn wieder ein. Man brachte ihn vor den Fürsten. Nun hegte dessen Wazir einen alten Groll gegen diesen Sklaven. Er riet darum, den Sünder mit dem Tode zu bestrafen, um dadurch den übrigen Sklaven ein abschreckendes Beispiel vor Augen zu führen. Als der Übeltäter das hörte, legte er sein Haupt Amr zu Füssen und erklärte:

«Was immer du willst, ist recht
und mag mir geschehen –
denn du bist der Herr und gerecht,
und was hilft dem Sklaven sein Flehen?

Darum – was ich zu sagen habe, das sage ich um *deinet-* und nicht um meinetwillen. Sieh, ich bin in deinem Hause zur Welt gekommen und hier aufgezogen worden, und so wünsche ich denn nicht, daß am Tage der Auferstehung und des Jüngsten Gerichtes mein Blut über dich komme... Gestatte mir deshalb, zuerst diesen deinen Wazir zu töten! Dann nämlich hast du einen rechtmäßigen Grund, mich als einen Mörder und Bösewicht hinrichten zu lassen.»

Über diese Rede brach der König in lautes Lachen aus. Er wandte sich seinem Wazir zu und fragte diesen: «Nun, hast du das gehört? Wie gefällt es dir denn? Was meinst du dazu?»

«O Beherrscher der Welt», rief der entsetzte Minister aus, «laß um Gottes willen, und zur Ehre deines Vaters Grab, diesen schuftigen Frechling da laufen! Sonst bringt er es wahrhaftig noch fertig, mich ins Verderben zu stürzen. Ja, ich habe einen Fehler begangen, ich muß es zugeben; und wie recht haben doch die Weltweisen, wenn sie sagen:

Suchst du mit dem Schleuderschützen
Streit,
zerschmettert dir den Kopf die eigne
Dummheit.
Richtest du den Pfeil dem Feinde zu,
wirst zugleich zum Ziel des Pfeils
auch du…»

Der treue Hofminister

Der Hofminister des Königs von Zouzan war ein wohlmeinender und edelgesinnter Mann. Stets zeigte er sich hilfsbereit, wenn jemand ihn aufsuchte; und auch von den Abwesenden sprach er nur Gutes.

Nun geschah es aber einmal, daß eine seiner Handlungen das Mißfallen des Sultans erregte. Der Minister verlor die königliche Gunst. Sein Hab und Gut wurden ihm weggenommen und er selbst mißhandelt und eingesperrt. Das war zwar schlimm genug; doch lohnte sich jetzt seine frühere Güte. Die Offiziere des Padeschah erinnerten sich der Wohltaten, die dieser Häftling ihnen einst erwiesen hatte, und aus Dankbarkeit behandelten sie ihn so mild und freundschaftlich wie nur möglich und bewahrten ihn vor weiteren Quälereien und Demütigungen.

Allerdings mußte er vorläufig in Haft bleiben, weil er den Forderungen des erzürnten Herrschers nur zum Teil nachkommen konnte. Das Ereignis sprach sich natürlich herum, und die Nachricht davon drang auch über die Grenzen des Reiches hinaus. Darauf sandte einer der Nachbarfürsten dem gefangenen Hofminister in aller Heimlichkeit eine Botschaft, in welcher diese Worte standen:

«Es haben die Beherrscher deiner Heimat deine Größe verkannt, deinen Wert nicht anerkannt und dich schmachvoll verbannt. Möge Allah dir Befreiung schenken! Und wisse: wenn dein teures Gemüt sich unserem Hofe zuzuwenden geruhte, so würden wir uns aufs höchste bemühen, dich in allen Dingen zufriedenzustellen. Dich unter uns zu sehen, wäre für die Edlen dieses Reiches eine große Ehre. Wir erwarten deine Antwort.»

Der Gefangene las diesen Brief und

dachte eine Weile über den Inhalt nach. Dann faßte er einen Entschluß, schrieb auf die Rückseite die kurze Entgegnung, die er für richtig hielt, und übergab sie dem Boten.

Inzwischen hatte aber bereits ein Aufpasser des Königs von Zouzan von der Sache Wind bekommen und seinem Herrn gemeldet: «Der ehemalige Hofminister unterhandelt vom Gefängnis aus mit fremden Fürsten!»

Natürlich ergrimmte darüber der Schah noch viel mehr. Er ließ sogleich jenen Boten ergreifen und den Brief samt der Antwort vorlesen. Was aber hatte der Häftling geschrieben? Nun – hört selbst:

«Das mir gespendete Lob übersteigt meine Verdienste. Auch kann ich die Huld, deren ich gewürdigt werde, nicht annehmen; denn Gunst und Gnade des Fürstenhauses dieses Landes haben mich zu dem gemacht, der ich bin. Mag auch später der Wohltäter seinen Sinn um ein weniges geändert haben, so darf mich das doch nicht dazu verleiten, ihm die Treue zu brechen, denn:

Ihm, der dich einst von Augenblick
zu Augenblick beschenkte –
verzeih ihm, wenn er dich dann auch
verwundete und kränkte…»

Als der Padeschah das vernahm, übermannten Freude und Rührung sein Herz. Sofort ließ er den Hofminister frei, bedachte ihn mit einem Ehrengewand, beschenkte ihn reich, bat ihn um Verzeihung und sprach dann:

«Ich habe mich schlimm an dir vergangen. Ich habe dich verletzt, und du hattest doch, wie ich jetzt weiß, nichts Schlechtes begangen!»

«Nein», erwiderte der Hofminister, «aber es war auch nicht die Schuld Eurer Majestät. Der Allmächtige selbst hatte bestimmt, daß mir ein Unheil widerfahren sollte. Da war es denn besser, es sei mir dieses durch *Eure* Hand geschehen – die Hand also, die mir doch vorher so viel Gutes erwiesen hat. Und dann ist ja auch gesagt worden:

Zürne nicht, tun dir die Menschen weh,
denn nicht von *ihnen* stammen Lust
und Weh.
Wisse du, nur Gottes Wille wird von
Freund und Feind erfüllt,
und *seine* Hand ist es, die aller Menschen
Herzen füllt.
Vom Bogen, scheint es, wird der Pfeil
entsandt:
doch Weisheit hat den Schützen
selbst erkannt…»

Meister und Schüler

Ein Meister des Ringkampfes hatte in seiner Kunst die Stufe hoher Vollendung erreicht. Er beherrschte dreihundertsechzig auserlesene Stilarten mit ihren Griffen und Kniffen, Tücken und Tricken, und jeden Tag eines Jahres konnte er einen anderen davon zur Anwendung bringen, ohne sich jemals wiederholen zu müssen. So hatte er denn in seiner Zeit keinen Rivalen weit und breit.

Natürlich – wen würde das schon wundern? – drängten sich um einen solchen Könner auch Schüler in Scharen, die voll Begierde waren, von ihrem Vorbild zu lernen und ihm in allem nachzueifern. Einer von ihnen war ein Jüngling von großer

Kraft und Schönheit, und zu diesem hatte der Meister in seinem Herzen eine besondere Zuneigung gefaßt. Er lehrte ihn allmählich seine ganze Kunst; oder genau gesagt: beinah die ganze, denn einen winzigen Rest nur behielt er für sich, eine einzige bloß von den dreihundertsechzig verschiedenen Kampfarten.

So wurde denn dieser Lieblingsschüler bald selber ein Meister. Ja, er hatte an Kraft und Kunstfertigkeit unter den Jungen nicht seinesgleichen, und keiner seiner Gefährten vermochte ihm lange zu widerstehen. Doch was geschah? Sein Ruhm stieg dem Jüngling zu Kopf, und eines Tages prahlte er in Gegenwart des Königs jener Gegend und Zeit:

«Der einzige Vorzug, den mein Lehrer noch vor mir hat, ist sein größeres Alter, und dies, daß ich ihm meinen Unterricht zu verdanken habe... Doch was hat er mir denn sonst noch voraus? Nichts, und ich bin ihm zumindest ebenbürtig! Meine Kraft ist nicht geringer als die seine, und meine Kunst der seinen gleichwertig!»

Die Überheblichkeit des Jungen reizte den Herrscher, und er befahl: «Gut! Wenn du eine so hohe Meinung von dir hast, so beweise auch, was du da behauptest!»

Sofort wurden die Vorkehrungen für den Zweikampf der beiden berühmtesten Athleten des Landes getroffen. Zu festgesetzter Stunde traten sich Meister und Schüler als Rivalen in der Arena gegenüber – und über Mangel an Aufmerksamkeit hatten sie sich wahrlich nicht zu beklagen! Der Monarch, sein gesamter Hofstaat und alle Vornehmen des Reiches nahmen ringsum ihre Ehrensitze ein, um dieses Schauspiel zu verfolgen. Und hatte man je mit größerer Spannung Verlauf und Ausgang eines Ringens erwartet?

Siegessicher trat der Jüngling in die Runde; und einen Augenblick später griff er auch schon an – so wild wie ein betrunkener Elefant, der einen Berg aus Eisen vom Grund aufheben und forttragen will. Wer von den Zuschauern hätte solchem Ansturm widerstehen mögen? Doch sieh da! Der alte Meister wich und wankte nicht.

Er war auf seiner Hut. Wohl wußte er, daß ihm sein Schüler jetzt an Körperkraft überlegen war. Aber wichtiger war etwas anderes! Ruhig ließ der Alte den Jungen heranstürmen, und dann – ja, dann war der Augenblick gekommen, in dem er jenen einen, jenen dreihundertsechzigsten Kunstgriff anwandte, den er bisher als sein letztes und einziges Geheimnis auch dem Lieblingsschüler verschwiegen und für sich behalten hatte, in kluger Voraussicht eben dieser Stunde...

Da der Jüngling von dem Griff selbst nichts wußte, so kannte er auch nicht dessen Abwehr. Eh' er noch recht zur Besinnung kam, hatte ihn der Meister auch schon mit beiden Armen hochgestemmt, hielt ihn so einen Augenblick lang wie einen entwurzelten Baum und warf dann den Besiegten, als sei der ein lebloses Bündel, der Länge nach auf den Erdboden.

Entschieden war der Kampf! Ringsum wogte und toste Tumult und der Jubel des Beifalls. Der König ließ dem Altmeister ein Ehrengewand überreichen und überhäufte ihn mit Geschenken. Den Jüngling hingegen fuhr er hart an und fügte zur Niederlage noch den Spott: «Du aufgeblasener Prahler, du! Wie hat es dir nur einfallen können, einen wirklichen Meister wie diesen da so einfältig herauszufordern?»

«O Majestät», beklagte sich da der Junge, «glaubt mir: nicht im offenen Messen der Kräfte hat er mich besiegt, o nein, sondern allein dadurch, daß er mir einen letzten Kunstgriff bis zuletzt und mit Absicht verschwiegen hat! Wie hätte ich das auch wissen können? Und nur deshalb bin ich heute unterlegen...»

«Wahr, wahr», nickte jetzt der Meister, «genau so ist es! Jenen Griff hatte ich mir aufgespart – für den Fall, daß geschehen würde, was ja auch richtig geschehen ist. Wer wollte mich dafür tadeln? Haben denn nicht die Weisen gesagt: ‹Gib nie dem Freund so viel Macht, daß er als Feind dich besiegt in der Schlacht›? Und ist dir nie zu Ohren gekommen, was einst einer gedichtet hat, nachdem ihm Namen und Ruf der eigene Schüler vernichtet hat? So hör denn:

Entweder gab es Treue nie in dieser
Welt,
oder keiner lebt mehr, der sie hält.
Den ich einst treffen lehrte mit dem
Pfeile,
schoß ihn auf mich nach einer kurzen
Weile…»

Der Wunsch des Derwischs

Ein Derwisch hatte sich von der Menschenwelt abgekehrt und hauste als Einsiedler in einem Winkel. Eines Tages ritt der Padeschah mit seinem Gefolge dort vorbei; aber der Derwisch beachtete ihn nicht, bezeugte ihm keinerlei Ehrfurcht und hob nicht einmal den Kopf. Wozu auch, da er doch weder etwas besaß noch etwas zu besitzen wünschte?

Der Sultan jedoch, der ja nur Herren und Knechte kannte, war über solches Benehmen empört. Mißachtung war er nicht gewohnt und übersehen zu werden noch viel weniger. Also hielt er sein Pferd an, wandte sich dem Wazir zu, zeigte auf den Derwisch und rief aus: «Dieses Lumpengesindel lebt wie die Tiere! Der Kerl da hat auch nicht eine Spur von menschlicher Bildung und Gesittung!»

Dem Wazir war der Zwischenfall peinlich. Er näherte sich dem Eremiten und sprach ihn höflich an: «O edler Mann! Sieh, da ist doch soeben der Weltbeherrscher an dir vorübergeritten. Du aber hast ihm keinerlei Ehren erwiesen und hast die Regeln des Anstandes verletzt und nicht einmal aufgesehen – warum denn das?»

«Sag dem Schah», erwiderte unwirsch der Einsiedler, «er soll Demut und Ehrfurcht von *denen* erwarten, die Gnaden und Geschenke von ihm wollen! Zu denen gehöre ich aber nicht. Und im übrigen wisse, daß die Könige dafür da sind, das Volk zu behüten, und nicht das Volk, um vor den Königen auf dem Bauch zu liegen:

Es sei der Schah ein Wächter den Armen,
ruht deren Heil doch auf seinen Armen.
Nicht sind die Schafe für den Hirten da,
nicht ist das Volk erschaffen für den
Schah!
Zu Staub wird der König, zu Staub der
Knecht,
eines sind beide, und der Tod ist gerecht.»

So sprach der Derwisch. Nachdem der Padeschah die Worte vernommen hatte, erkannte er deren Wahrheit. Er trat darum selbst vor den Einsiedler und forderte ihn auf: «Wünsche dir etwas von mir!»

«So wünsche ich mir denn», antwortete jener, «daß du mich inskünftig in Ruhe lässest...»

«Gib mir doch wenigstens einen guten Rat!» drängte der Herrscher; und der Derwisch sprach die Verse:

«Begreife denn, daß diese deine Pracht
dir nicht gehört und keinem
deinesgleichen.
Und wisse denn, ein Spielball ist die
Macht,
und wird es Nacht, mußt du sie
weiterreichen...»

Eremit und Wazir

Zu Zu 'n-Nun, dem ägyptischen Eremiten und Gottsucher, kam einst in großer Sorge ein Wazir des Herrschers jener Zeit.

«Was willst du?»

«Ach», sprach da der Weltmann zum Gottesmann, «ich flehe dich an um deine Fürbitte beim Allmächtigen! Denn, sieh, Tag und Nacht gilt mein ganzes Sinnen und Trachten dem Dienste meines Herrn, des Sultans. Niemals finde ich Ruhe, und keine Rast ist mir gegönnt. Darum, weil ich immerfort hin und her gerissen werde zwischen Hoffnung auf Gnade und Huld und der Furcht vor Strafe und Schuld... Bete du für mich!»

Als Zu 'n-Nun das hörte, brach er plötzlich in Tränen aus und rief:

«Wahrlich, wenn ich *meinen* Herrn so fürchtete wie du den *deinigen* – dann erst wäre ich ein aufrichtiger Sucher!

Hoffte der Derwisch nicht stets auf
  Belohnung,
würdiger wär' er der himmlischen
  Wohnung;
und fürchtete Gott der Wazir wie den
  Schah:
er wäre ein Engel, dem Allmächtigen
  nah!»

Der Rat des Kalifen

Einer der Söhne des Kalifen Harun ar-Raschid eilte eines Tages, außer sich vor Zorn und Erregung, zu seinem Vater und rief: «Der Sohn eines der Offiziere hat es gewagt, meine Mutter zu beschimpfen!»

Als der Kalife das vernahm, wandte er sich an die versammelten Würdenträger des Reiches und fragte: «Was soll eurer Meinung nach mit jemandem geschehen, der eines solchen Vergehens schuldig ist?»

Darauf wurden verschiedene Ansichten geäußert: einer fand, der Sünder habe den Tod verdient; ein anderer riet, ihm die Zunge abschneiden zu lassen; und ein dritter schlug vor, ihn seines gesamten Hab und Gutes zu berauben und so in die Verbannung zu schicken...

Nachdem sich Harun die Meinungen der

Höflinge in Ruhe angehört hatte, richtete er das Wort wieder an den Prinzen und sprach:

«O mein Sohn! Du hast gehört, was meine Ratgeber für richtig halten, aber du mußt auch wissen, daß ich selbst in dieser Sache anderer Ansicht bin als sie. Meine Meinung und mein Rat sind diese: wenn du großmütig sein willst, so verzeih diesem Maulhelden. Bringst du das aber nicht über dich, so zahle ihm mit gleicher Münze heim und schmähe ihn und die Seinen ebenso! Doch wenn du dich dafür entscheidest, so gib acht, daß du nicht härter zurückschlägst, als du selbst geschlagen worden bist. Denn tust du das, so überschreitet deine Rache ihre Grenzen, und damit würdest du dich selbst ins Unrecht setzen und deinen Gegner ins Recht...»

Nicht hält der Weise *den* für einen Mann,
der mit betrunknen Elefanten streiten
kann.
Ein Mann ist, wer sich selbst bezwingt
und seinen Zornmut niederringt.

Es sprach ein Kluger, den ein Rüpel schalt:
«Mir raubt dein Wort nicht meinen innern Halt,
denn ich kenne selber meine Fehler wie kein zweiter –
was du sagst, macht mich nicht dümmer noch gescheiter!»

Die zwei Schiffbrüchigen

Ich unternahm einst in Gesellschaft einiger Vornehmer eine Schiffsreise. Gleich hinter uns fuhr ein leichtes Boot, in dem sich nur zwei Brüder befanden. Plötzlich kenterte das kleine Fahrzeug, und wir mußten mitansehen, wie seine Insassen ins Wasser geschleudert und dort vom Sog eines Wirbels erfaßt wurden. Das alles war so rasch geschehen, daß wir erst kaum unseren Augen trauten.

Dann aber rief einer der Würdenträger, der neben mir stand, unserem Bootsmann zu: «Wenn du die beiden retten kannst, gebe ich dir für jeden von ihnen fünfzig Goldstücke!»

Der Matrose ließ sich das nicht zweimal sagen. Er sprang trotz der Gefahr kopfvoran in die Wogen, schwamm auf den einen der Schiffbrüchigen zu, bekam ihn auch zu fassen und brachte ihn sicher an Bord. Während aber auf diese Weise der eine der Brüder gerettet wurde, versank und ertrank der andere im Schlund des Wirbels.

Das Erlebnis hatte mich nachdenklich gestimmt. Ich wandte mich dem kühnen Schwimmer zu und sprach: «Das war Schicksal! Die Lebenszeit dessen, der ertrunken ist, war abgelaufen; und weil es so vorbestimmt gewesen ist, hast du nicht *ihn*, sondern seinen Bruder gerettet...»

Der Schiffer lachte, als er das hörte, und erwiderte: «Das ist wohl wahr, was du da sagst. Nur – du mußt auch wissen, daß mir die beiden von früher her gut bekannt gewesen sind, und daß ich mit Absicht zuerst auf diesen da zugeschwommen bin, weil mir seine Rettung mehr am Herzen gelegen ist. Gewiß wirst du mich fragen, warum? Nun, er hat mich einst, als ich vor Erschöpfung in der Wüste nicht mehr gehen und stehen konnte, auf sein Kamel gesetzt und reiten lassen. Sein Bruder dagegen hat mich einmal verprügelt, als ich noch ein Kind gewesen bin...»

Über diese Erzählung des Schiffers mußte ich staunen und rief aus: «Allah ist der Wahrhaftige! Und zu Recht hat er in seinem Koran offenbart: ‹Wer das Gute tut, tut es sich selber zuliebe, und wer schlecht handelt, handelt sich selber zuleide›; ja, es ist schon so:

So du nicht Dornen ernten willst,
stich sie auch nicht in andrer Seelen.
Hilfst du dem Gestürzten, aufzustehen,
wird er dir, fällst selber du, nicht fehlen!»

Dienen oder arbeiten?

Zwei Brüder hatten verschiedene Wege eingeschlagen, ihr Leben zu fristen: der eine war in den Dienst des Sultans getreten, und der andere ernährte sich durch die Arbeit seiner Hände. Infolgedessen war der erste ein Höfling mit Macht und Reichtum geworden, während der zweite das unscheinbare Dasein eines Derwischs führte.

Eines Tages fragte der reiche den armen Bruder: «Warum dienst du nicht so wie ich, damit du von der Plackerei des Arbeitens befreit bist?» Da erwiderte ihm der Derwisch: «Warum arbeitest du nicht so wie ich, damit du von der Erniedrigung des Dienens befreit bist? Die Weisen haben doch gesagt: ‹Besser als Freier sein Brot im Winkel verzehren, denn als ein Diener mit goldenem Gürtel den Sultan verehren›; und ferner vergiß auch nicht die Verse:

Ein leerer Bauch ist besser als ein
　krummer Rücken –
lieber will ich wenig haben,
　als mich dienernd ständig bücken!»

Die Freudenbotschaft

Dem Schah Anuschirwan dem Gerechten brachte eines Tages ein Herold eine Freudenbotschaft. «Ich habe vernommen», so meldete er voll Stolz und Vergnügen, «daß der Allmächtige deinen Feind aus dieser Welt genommen hat!»

«Hast du auch vernommen», erwiderte ihm der Schah, «daß er *mich* darin belassen wird?»

Wie soll des Feindes Tod dein Herz mit
Freude nähren?
Glaubst du, dein eignes Leben werde
ewig währen?

Das Schweigen des Weisen

Einst besprach eine Schar von Gelehrten in Anwesenheit des großen Philosophen und Wazirs Bozorgmehr ein Problem. Eifrig bemühte man sich darum, eine Lösung zu finden. Schließlich hatte jedermann seine Meinung geäußert – nur Bozorgmehr verharrte noch immer in Schweigen. Darüber wunderten sich die andern, und so fragten sie ihn denn:

«Warum hörst du nur immer zu und sagst selbst kein Wort, obwohl du doch weiser bist als wir alle zusammen?»

«Der Philosoph gleicht dem Arzt», erwiderte Bozorgmehr, «und der Arzt gibt sein Heilmittel nur dem, der es benötigt – dem Kranken. Nun sehe ich aber, daß ihr in dieser Sache den richtigen Weg eingeschlagen habt und der Lösung schon auf der Spur seid. Warum also sollte ich da erst noch eingreifen? Heißt es doch:

Hat ohne dich gesiegt die gute Sache,
spürt deinen Hieb nicht mehr der
tote Drache –
doch siehst du Blinde sich zum Abgrund
neigen,
so ist es Sünde, willst du dann noch
schweigen!»

Zweite Pforte

ÜBER ART UND UNART DER DERWISCHE

Geschwätz

Über einen Mann, der sich den Anschein großer Frömmigkeit gab, wurden allerlei üble Dinge gemunkelt. Er sei ein Heuchler, ein Schönredner und Scheinheiliger, so wollten einige wissen. Einer der Mächtigen jener Gegend wünschte herauszufinden, was es damit auf sich habe. Er suchte einen Derwisch auf, dem er vertrauen konnte, und fragte diesen: «Stimmt es, was die Leute schwatzen? Was hältst du davon? Wäre wirklich jener Fromme nur ein Scheinfrommer?»

«Ich sehe nur von außen sein Äußeres», gab der Gottesmann zur Antwort, «und daran könnte ich keine Mängel nennen; was aber verschlossen ist in seinem Inneren, das vermag ich nicht zu erkennen; und wisse:

Siehst einen andern du im Kleid der
Frömmigkeit,
so sei, dem Kleid zu glauben, du bereit.
Zwar weißt du nicht, was das Gewand
verdeckt –
doch weiß der Polizist, was *deine* Wand
versteckt?»

Der beschenkte Dieb

Eines Nachts schlich ein Dieb in die Behausung eines Mannes von reiner Seele. Er suchte und suchte, aber wie sehr er sich auch abmühte und in jeden Winkel spähte und kroch: da war nirgends etwas, das er hätte stehlen und fortschleppen können. Ratlos und außer Atem stand der Einbrecher da. Sein Herz schnürte die Enttäuschung zusammen, und sein Gesicht war der Spiegel seiner Traurigkeit.

Nun hatte aber der Fromme, der dort wohnte, nicht geschlafen, sondern heimlich den Dieb und dessen vergebliches Suchen beobachtet. Als er jetzt des Räubers Verzweiflung bemerkte, übermannte ihn Mitleid. Ja, ihm war, als sei das Leid dieses fremden Bösewichts sein eigenes, und sein

Erbarmen wurde so stark, daß er schließlich den kleinen Teppich, auf dem er zu schlafen pflegte, mit beiden Händen ergriff, ihn unter seinem Leib hervorzog und dem Dieb als Geschenk vor die Füße warf:

Sie, die den Weg zu Allah eingeschlagen,
können selbst der Feinde Trauer
nicht ertragen.
Wann, mein Freund, kannst du von
dir das sagen?
Du lerne erst, den Nächsten nicht zu
plagen!

Der Scheinheilige

Ein Frommer wurde vom Padeschah zu Tisch geladen. Als man sich nun niedersetzte und die Speisen gebracht wurden, aß er weniger als sonst, und als man sich zum Gebet erhob, betete er länger als gewöhnlich – beides natürlich in der Absicht, bei seinem hohen Gastgeber als besonders tugendhaft zu gelten. Aber wie heißt es doch?

Die Pilgerfahrt zur Kaaba, sagst du,
Beduine, sei dein Plan?
Doch dein Weg führt nicht nach Mekka,
nein, er führt nach Turkestan!

Kurzum – nachdem unser Frommer vom Gastmahl am Königshof nach Hause zurückgekehrt war, plagte ihn der Hunger, und er gab Anweisung, ihm eine Mahlzeit zuzubereiten. Sein Sohn, der ein recht scharfsinniger Bursche war, hörte das, stellte sich überrascht und fragte: «Wie das, o mein Vater? Du bist hungrig? Ja, hat es denn beim Sultan nichts zu essen gegeben?»

«Doch, das schon», mußte der fromme Mann zugeben, «aber was ich dort zu mir genommen habe, das ist nicht der Rede wert.»

«In diesem Fall», mahnte der kluge Sohn, «mußt du wohl auch dein Gebet nachholen; denn gewiß hast du dann auch nichts gebetet, was der Rede wert wäre!»

O der du feilhältst deine Tugend
auf der flachen Hand,
indes in deiner Achselhöhle deine
Unmoral verschwand:
mit falschem Silber willst du echte
Ware kaufen?
Willst, wie lange noch, der Wahrheit
und dir selbst entlaufen?

Sich nur sieht der Selbstgerechte

In den Tagen meiner Kindheit bin ich voll Glaubenseifer gewesen. Ja! Ganze Nächte hindurch habe ich gewacht, gebetet und darnach gestrebt, mein Äußeres zu peinigen, um mein Inneres zu reinigen. Ein vollkommener Frommer, das habe ich werden wollen.

An eine dieser Nächte erinnere ich mich besonders gut. Ich hatte sie verbracht an der Seite meines Vaters – Allahs Barmherzigkeit sei über ihm! –, hatte mit großer Mühe und Anstrengung die Müdigkeit von meinen Lidern gescheucht und hielt das teure Buch, den Koran, fest in meinen Armen umklammert. Rings um uns kauerten oder lagen Glaubensgenossen, die früher oder später der Schlaf übermannt und entführt hatte; und wir, mein Vater und ich, waren von allen die letzten, die noch immer wachten. Als ich so hinblickte auf die Schlummernden, zogen Stolz und Wohlgefallen in mein Herz ein. Ich wandte das Gesicht meinem Vater zu und sprach: «Sieh sie dir an, unsere Gefährten! Von denen kann keiner den Kopf mehr heben, und keiner denkt mehr ans Ewige Leben... So tief ist ihr Schlaf!»

So spottete ich in selbstgerechter Entrüstung. Aber meinem seligen Vater gefiel das ganz und gar nicht.

«Mein Lieber», entgegnete er, «weißt du, was? Wie viel besser wäre das: leg dich hin und schlaf auch du, und deine Nachbarn laß in Ruh; denn:

Sich nur sieht der Selbstgerechte,
ist sich selber Augenflechte,
sähe er, was Gott sich dächte,
wüßte er in *sich* das Schlechte...»

Wunder

Im Libanon lebte ein Heiliger, ein Scheich, dessen hohen Rang man in allen Landen der Araber kannte, und der Wunder vollbrachte, die mit Staunen und Ehrfurcht ein jeder nannte.

Eines Tages pilgerte dieser Auserwählte zum Heiligtum von Damaskus. Als er nun im Teich im Moscheehof vor dem Gebet die Waschung vollzog, glitt er aus und fiel in den Weiher. Fast wäre er ertrunken darin! Aber man zog ihn noch rechtzeitig heraus, und er verrichtete wie immer sein Gebet. Als er nun damit zu Ende gekommen war, trat einer seiner Schüler auf ihn zu und gestand: «Mich bedrückt etwas; doch darf ich es wohl sagen?»

«Nur zu», ermunterte ihn der heilige Mann, «was ist es denn?»

Da überwand der Jüngling seine Scheu und erklärte: «Ich habe doch selbst erlebt, daß du auf den Meereswellen gewandelt bist, ohne daß das Wasser deine Fußsohlen auch nur genetzt hätte... Wie also hat das heute geschehen können? Dieser Teich da ist nicht tiefer, als du hoch bist, und doch wärest du um ein Haar ertrunken darin; wie ist das nur möglich gewesen?»

Der Scheich antwortete nicht sogleich. Er versank in Nachsinnen, und erst nach einer langen Weile hob er das Haupt und erwiderte: «Kennst du nicht diesen Ausspruch des Propheten – über ihm sei das Heil! –, der da lautet: ‹Zu gewissen Zeiten bin ich so verbunden mit Allah, daß *dann* keiner seiner früheren Gesandten und keiner seiner Engel mir gleichkommt...?› Zu gewissen Zeiten, hat der Prophet gesagt, und nicht: immer! Nur in Augenblicken reißt der Schleier vor der Offenbarung entzwei; und kaum ist sie enthüllt, wird sie von neuem verhüllt:

So verschenkst du und verweigerst dich,
schürst das Feuer,
spannst und steigerst mich...»

Der Derwisch als Dieb

Ein Derwisch war arg in Not geraten. Was tun? Ihn hielt das Unheil am Schopf, und der Pechvogel verlor den Kopf. Kurz und schlecht: er ging hin und stahl aus dem Haus eines Freundes einen Teppich. Aber nun war ja unser Derwisch alles andere als ein Meisterdieb, und so wurde er denn schon nach kurzer Zeit erwischt und gebunden vor den Kadi geschleppt. Dieser befahl, wie es das Gesetz in solchen Fällen vorschreibt: «Haut ihm eine Hand ab!»

«Nein», legte sich da der Besitzer des Teppichs ins Mittel, «das soll nicht geschehen! Ich habe ihm verziehen.»

Aber der Richter wollte das nicht gelten lassen und sprach: «Verzeihung hin oder her, das geht mich nichts an, dem Gesetz muß Genüge geschehen!»

«Richtig», erwiderte der Bestohlene, «das weiß ich wohl. Nun ist es aber doch so, daß die Hand eines Menschen, der von einer frommen Stiftung etwas gestohlen hat, laut Religionsgesetz nicht abgehauen werden muß, nicht wahr? Ferner steht auch geschrieben: ‹Der Fakir besitzt nichts›. Folglich ist alles, was einem Derwisch gehört – und ich selber bin ja ein solcher –, als fromme Stiftung für Bedürftige zu betrachten...»

Diese Beweisführung war so zwingend, daß der Kadi nichts dagegen einzuwenden wußte. Notgedrungen gab er den Dieb frei, wobei er ihn allerdings vorher noch tüchtig ausschalt und mit den Worten endete: «Ist denn diese Welt für dich derart eng geworden, daß du ausgerechnet einen so treuen Freund wie diesen da hast heimsuchen und schädigen müssen!?»

«Ach, hoher Herr», entgegnete der Dieb, «ist dir denn nicht das Sprichwort bekannt:

‹Räume aus das Freundeshaus, doch des Feindes Weide meide›? Und überdies gibt es auch noch die Verse:

Wem es an den Kragen geht, sieh,
  der sticht und haut:
reißt dem Freund den Pelz vom Leib
  und dem Feind die Haut...»

Gottes und des Königs Reich

Einst fragte ein Padeschah einen Gottsucher: «Ist es auch schon vorgekommen, daß du dich meiner erinnert hast?»

«O ja», erwiderte der Fromme, «wann immer ich Gott vergesse, gedenke ich auch deiner...»

In jede Richtung läuft,
wen Gott von seiner Tür verstieß;
jedoch die Welt verließ,
wen sein Ruf zu kommen hieß.

Äußeres und inneres Derwischtum

Einer von denen, die sich einem reinen Lebenswandel verschrieben hatten, sah einst im Traum einen Padeschah im Paradies und einen Derwisch in der Hölle. Das überraschte ihn sehr, und er fragte: «Wie kommt es, daß *dieser* in den Abgrund gefallen, und warum wandelt *jener* in den himmlischen Hallen? Es würde doch jedermann das Gegenteil erwarten!»

Da vernahm der Träumer eine Stimme, die ihm zur Antwort gab: «Jener Padeschah ging ins Paradies ein, weil seine Herzensneigung den Derwischen und dem Derwischtum gehört hatte; und dieser Derwisch wurde ins Höllenfeuer geworfen, weil er um die Gunst der Mächtigen gebuhlt hatte...»

Mit Rosenkranz und Flickenrock
kann jeder sich verkleiden;
was hilft ihm das,
will er gemeines Tun nicht meiden?
Wer wird den Derwisch einst nach
seiner Kappe fragen?
Wer Derwisch *innen* ist,
kann auch Tatarenmützen tragen!

Die zwei Reisenden

Als wir einst mit einer Karawane aus dem Hedschaz nach Kufa durch die arabische Wüste zogen, begleitete uns ein Habenichts, der weder Gepäck noch ein Reittier, ja nicht einmal eine Mütze und Schuhzeug besaß. Doch war er deshalb von Sorgen schwer? Oder sein Herz von Hoffnung leer? Wer so denkt, täuscht sich gar sehr! Unser Vagabund war im Gegenteil der fröhlichste von uns allen. Munter schritt er aus und ließ unterwegs Liedchen wie dieses erschallen:

«Sitze nicht auf des Kameles Rücken,
muß mich auch nicht unter Lasten
bücken.
Weder bin ich Herr von Untertanen,

noch auch bin ich Knecht von
Fürstenklanen.
Mein Herz muß nicht um Schätze
bangen,
noch nach Hab und Gut verlangen.
Frei bin ich und unbeschwert,
und weiß mein Leben lebenswert...»

So sang dieser Wandersmann. Ein reicher Herr jedoch, der auf seinem Kamel in unserer Karawane ritt, konnte solche Sorglosigkeit gar nicht begreifen. Er beugte sich zu dem Sänger hinunter und ermahnte diesen: «Du, Derwisch! Wohin denn des Weges? Wie? Du kannst doch zu Fuß nicht die Wüste durchqueren; sieh, noch ist es Zeit für dich, umzukehren! Doch hörst du nicht auf mein Wort, trägt der Todesengel dich fort...»

Aber der arme Wanderer verschloß sein Ohr solchen Reden und stapfte wohlgemut weiter durch den Wüstensand. Und was, meint ihr, geschah? Wer von uns weiß denn, was das Schicksal im Ärmel trägt? Gewiß, der Todesengel, er kam, aber nicht dem

Derwisch galt sein Besuch! Nein, der reiche Reiter war es, den plötzlich die Kräfte verließen, wie er es dem Armen verheißen.

Als wir zur Oase «Mahmuds Palme» gelangten, lag er in den letzten Zügen. Da näherte sich der Derwisch dem Lager des Sterbenden und sprach: «Siehst du nun wohl? Hoch zu Kamel rittest zur letzten Reise du aus, indes ich zu Fuß gesund und sicher gelange nach Haus! Es ist ja doch so, wie der Dichter gesagt hat:

Einen Kranken beklagte ein Gesunder
die ganze lange Nacht;
als es tagte, da starb der Gesunde,
und gesund ist der Kranke erwacht.
Wie manches Pferd, schnell wie der Wind,
tat einen Sturz, blieb liegen
und ließ vom lahmen Eselein
am Ende sich besiegen...»

Pistazienkern oder Zwiebelschale?

Ein Gottesmann wurde eingeladen, bei Hofe vor dem Padeschah zu erscheinen. Da dachte dieser Fromme bei sich selbst: Das ist eine große Ehre, aber sehe ich denn auch so aus, wie man sich einen Heiligen etwa vorstellt?

Da er dessen nicht so sicher war, beschloß er, vorher noch rasch eine Droge einzunehmen, die den Körper auszehrt und Kraft in Schwäche verkehrt. Bestimmt wird sich das lohnen, so überlegte der Überschlaue, denn der König wird nachher eine noch viel bessere Meinung von mir haben!

So weit, so gut. Nur ging diese Rechnung nicht auf. Im Eifer, in der Eile und Aufregung nahm nämlich unser Gottesmann etwas zuviel von jenem Mittel ein, und statt nur den Leib zu schwächen – gab er den Geist auf. Von ihm und seinesgleichen aber gilt:

Wie die Pistazie schien er lauter Kern
und war nur Zwiebel: Schale ohne Kern.
Die sich beim Beten menschenwärts verneigen,
sind jene, die nach Mekka rückwärts zeigen.
Wer seines Gottes Namen will bekennen,
darf außer ihm nicht auch noch Götzen nennen.

Loqman und die Kaufleute

Eine Karawane, die nach Griechenland gezogen war, wurde dort von Wegelagerern überfallen. Wohl noch nie zuvor hatten die Bösewichte so reiche Beute gemacht! Schätze ohne Zahl und Waren für jeden zur Wahl häuften sich vor dem staunenden Blick zu Bergen.

Und deren unglückselige Besitzer, die Kaufleute? Nun, sie rangen in Verzweiflung die Hände, sie jammerten Bände, daß das Herz ihnen breche; sie weinten wie Bäche; und um Hilfe sie flehten zu Gott und dem Propheten... Aber das alles, es half ihnen nichts:

> Aus den Klauen des Räubers, des bösen,
> kann die Träne dein Gut nicht erlösen...

Nun reiste zufällig mit derselben Karawane auch Loqman, der große Weise. Er besaß freilich keine Schätze, und so kümmerten sich auch die Diebe nicht um ihn, so wenig wie dies vorher die reichen Handelsherren getan hatten. Diese erinnerten sich aber jetzt plötzlich des Philosophen. Sie scharten sich alle um ihn, und ihr Wortführer flehte: «Ermahne doch *du* diese Räuber und predige ihnen deine Weisheit, damit sie ihre Hände von unserem Hab und Gut lassen! Denn sieh, ein Jammer wäre es doch, solche Schätze an solche Lumpen zu vergeuden!»

«Richtig», gab ihnen Loqman da zur Antwort, «und so werdet ihr auch verstehen, daß es ebenfalls ein Jammer wäre, solche Weisheit an solche Lumpen zu vergeuden...»

Hat der Rost schon ganz zernagt
ein Eisen,
kann der Polierer seine Kunst nicht
mehr beweisen.
Was hilft es schon, ein schwarzes Herz
zu mahnen?
Durch Stein kann keinen Weg der Nagel
bahnen.

Der schlechte Sänger als guter Lehrer

Mein einstiger Meister, der verstorbene Scheich Adschall Abu 'l-Faradsch – Allahs Barmherzigkeit sei über ihm –, warnte mich stets vor den weltlichen Vergnügungen, insbesondere vor der leichten Musik, und empfahl mir Stille und Einsamkeit.

Nun, ich war damals jung, und mein Herz voll Glut und Schwung! Wie kann es da wundernehmen, daß ich solche Ermahnungen in den Wind schlug, und mich mein Verlangen im Flug zu Gesang und Geselligkeit trug? Kamen mir aber dann die Worte des Scheichs in den Sinn und plagten mein Gewissen, so tröstete und entschuldigte ich mich mit den Versen:

Hörte der Kadi die Lieder,
hüpften auch ihm die Glieder;
tränke der Polizist solchen Wein,
würde den Rausch er verzeihn...

So verging eine Weile. Da geriet ich eines Abends in eine Gesellschaft, die ein Sänger unterhielt, wie ich einen ähnlichen bisher noch niemals gesehen oder gehört hatte. Wahrhaftig, ein Jammer war das:

Als ob seine Stimme Adern und
 Nerven durchschnitte,
er klageheulend den Tod seines
 Vaters durchlitte.

Ja, es war eine Qual ohnegleichen, diesem Burschen zuhören zu müssen! Doch wie hätten wir ihm entgehen können? Bald steckten wir uns heimlich die Finger in die Ohren, bald legten wir sie auf die Lippen und gaben ihm Zeichen: «Es würde uns allen dein Schweigen zur Freude gereichen» – aber umsonst. Dieser Künstler war von seiner Kunst nicht zu trennen. Als er zu seiner Stimme Unkensang dann noch gesellte seiner Harfe Scherbenklang, da vermochte ich mich nicht länger zu beherrschen und sprach zum Hausherrn:

«Entweder stopfe mir mein Ohr
oder öffne mir dein Tor!»

Jedoch die Freunde beschwichtigten mich; und um meine Gastgeber nicht zu verletzen, harrte ich aus die ganze Nacht – und eine längere habe ich niemals durchwacht:

Wie spät doch rief der Muezzin den
Morgen aus,
wie müde war mein Ohr von all dem
Graus!

Doch wie die guten, so nehmen auch die schlimmen Stunden einmal ein Ende. Als der neue Tag im Osten heraufdämmerte und mich erlöste von dieser Stätte der Pein, da tat ich etwas Seltsames. Hört nur! Ich zog mir den Turban vom Kopf, klaubte aus der Gürtelschärpe meine paar Goldmünzen, überreichte beides diesem schrecklichen Sänger, umarmte ihn mit Zärtlichkeit und bedankte mich bei ihm mit Herzlichkeit.

Meine Freunde, als sie das sahen im Morgengrauen, wollten ihren eigenen Augen nicht trauen. Sie wußten sich keinen Rat; das ist, dachten sie, eines Narren Tat! Doch endlich ermannte sich einer von ihnen, zog mich am Ärmel beiseite und sprach: «Dein Benehmen ist fürwahr aller Vernunft und Klugheit bar! Was ist denn nur in dich gefahren? Was ist das für ein verrücktes Gebaren? Diesem Musikanten, der nicht eine Silbermünze wert ist, hast du dein Gold gegeben und hast ihm deinen Turban geschenkt, das Zeichen der Würde der Scheiche! Nicht einem Sänger, o nein, einem Pfuscher, zu dem man sagen muß:

O Graus! Geh fort von hier, hinaus,
dich sieht kein zweites Mal ein Haus!
Die Vögel fliehen, öffnest du den Mund,
du schreist dir selbst den Schlund
und uns die Hirne wund...»

Nachdem sich mein Gefährte so ereifert hatte, gab ich ihm bedächtig zur Antwort: «Ich würde dir raten, dein Zungenschwert in die Scheide zu stecken, und statt dessen wie ich diesen Wunderwirker mit Bedacht zu entdecken!»

«Was sagst du da?» staunte mein Freund. «Wunderwirker? So hast du gesagt? Das allerdings bemerkten wir anderen nicht und hielten ihn bloß für einen traurigen Wicht. Doch ist er statt dessen ein leuchtender Stern – sieh, um Verzeihung bitten wir gern!»

«Gewiß ist er das», erwiderte ich, «und ich will dir auch gestehen, warum. Denn hör nur! Mein Meister und Lehrer, der Scheich Adschall, hat mich immer wieder ermahnt, der Musik zu entsagen und mir den Gesang aus dem Sinne zu schlagen. Ich aber habe nicht auf ihn gehört, bis – ja, bis mich heute nacht mein glücklicher Stern und ein gnädiges Geschick hierher geführt haben... Nun aber bin ich geheilt, und der solches vollbracht, ist kein anderer als eben dieser arme Musikant und Sänger, der also ein Wunder gewirkt hat. Dafür habe ich ihn beschenkt, daß er mein Herz zur Umkehr gelenkt:

Ich habe Stille mir und Schweigen
  auserkoren,
es bleiben dem Verführer verschlossen
  meine Ohren.»

Die Lehrer der Höflichkeit

Man fragte den weisen Loqman: «Wer hat dich gelehrt, so höflich zu sein?»

«Die Unhöflichen», gab er zur Antwort, «denn ich habe mir stets gemerkt, was mir am Benehmen der anderen mir gegenüber mißfallen hat; und dann habe ich mich gehütet, meinen Mitmenschen dasselbe zuzufügen...»

Kein Wort, und sei es noch so leicht
  gefallen,
wird echolos im klugen Sinn verhallen.
Doch Weisheit, hundertfach dem
  Dummkopf vorgelesen,
verläßt wie Scherz sein Ohr,
  wie nie gewesen.

Der fromme Fresser

Ein Gottesmann verschlang in einer einzigen Nacht so viele Speisen, wie sonst zehn Männer an einem Tag nicht verzehren. Wie das, so erhob sich die Frage, galt seine Nachtwache denn einem Festgelage? Doch nein! Solche unheilige Gesellschaften mied unser Frommer. Er hatte vielmehr um Gottes des Allmächtigen willen gewacht, und bis zum Morgengrauen hatte er nicht nur seinen Bauch von oben bis unten gefüllt, sondern auch den ganzen Koran von Anfang bis Ende durchgelesen…

Das hörte jemand, der das Herz auf dem rechten Fleck hatte, und er rief aus: «Hätte er ein Stück Brot nur gegessen, statt derart ohne Maß zu fressen, und darauf geschlafen, statt zu beten und lesen, so wär' das bei Allah viel besser gewesen!»

Hältst du dein Inneres von Speisen leer,
erstrahlt dein Geistesauge um so mehr,
doch wessen Mund von Essen überquillt,
dessen Durst nach Weisheit ist gestillt.

Sei besser als dein Ruf

Der Lichtschein der Gnade Allahs war in das Herz eines Lebemannes gefallen und hatte den Verirrten heimgeführt auf den geraden Weg. Er trat einem mystischen Orden bei und wurde einer von denen, die nach der Wahrheit streben. Das Vorbild seiner neuen Gefährten, der Derwische, verwandelte diesen Bummler und Tummler in einen Wanderer der inneren Welt.

So weit, so gut! Aber die Anbeter des Scheins, von denen sich der Bekehrte um des wahren Seins willen abgewandt hatte, waren auf Rache gesonnen; und je weiter er abrückte von ihnen, um so schärfer schliffen sie wider ihn ihre Zungen.

«Glaubt nur ja diesem Heuchler nicht», so stichelten und hechelten sie, «der tut jetzt so brav, doch aus dem Wolf wird kein Schaf, und unter dem stillen Wasser lauert der alte Prasser...»

Nun, so ist eben diese Welt:

Wer sühnt und bereut,
kann Gottes Vergeltung entrinnen,
doch wie kann er Ruhe vor der
Menschen Verleumdung gewinnen?

Kurz – unser Mann hatte sehr zu leiden unter dem Geschwätz dieser Böswilligen, die ihn ständig verfolgten und ihm seinen Frieden nicht gönnten. Er glaubte endlich, er könne diese Ungerechtigkeit nicht mehr länger aushalten. So wandte er sich an den Pir, den Meister des Ordens, klagte diesem sein Leid und bat ihn um Hilfe und Rat.

Der Scheich hörte ihn an, und nachdem der Verleumdete sein Herz ausgeschüttet hatte, sprach er zu ihm: «Wie könntest du jemals genug danken für diese Gnade?! Denn, sieh, du bist ein besserer Mensch als der, für den die Welt dich hält. Denke darum an die Verse:

Sei gut und laß die Leute Böses reden,
statt daß *du* böse bist, und *sie* dich
  nicht befehden!
Mir dichten alle lauter Gutes an,
und damit bin ich, ach,
  als *du* viel schlimmer dran.
Denn selber weiß ich wohl:
  ich bin der Mängel voll
und himmelfern von dem,
  der ich sein soll.
Mögen auch meine Flecken die
  Menschen niemals entdecken,
kann ich doch keinen davon vor
  Gottes Auge verstecken...»

Von den Sufis

Man fragte einen Scheich in Syrien: «Was hältst du von den Sufis, den Mystikern, ihren Schulen und Orden? Was ist die Wahrheit über sie?»

Der Meister überlegte und erwiderte: «Sufis hat es schon immer und überall gegeben, auch wenn man sie nicht so genannt und als solche gekannt hat. Der Unterschied ist dieser: früher sind sie über die ganze Welt zerstreut und vereinzelt gewesen, jedoch im Geiste vereint und gesammelt. Und heute? Nun, da ist es umgekehrt: sie sind äußerlich versammelt und einig, und innerlich zerstreut und uneinig:

Schweift dein Herz beständig
und ist bald nah, bald weit,
so fehlt ihm noch die Reinheit
auch in der Einsamkeit.
Hast du auch Rang und Gut,
treibst Ackerbau und Handel:
wohnt nur dein Herz bei Gott,
ist rein dein Erdenwandel.»

Freund Höfling

Ein Mann besaß einen Freund, der in der Hofkanzlei, dem Diwan, ein hohes Amt innehatte. Aber nur selten bekam er diesen wichtigen Bekannten zu Gesicht. Nachdem er wieder einmal lange Zeit nichts von ihm gesehen und gehört hatte, fragte ihn jemand: «Was macht denn dein Freund, der Höfling? Wie geht es ihm? Läßt er sich denn gar nie mehr blicken bei dir?»

«Nein, und ich will ihn jetzt auch gar nicht sehen!» erwiderte unser Mann. Ein gemeinsamer Bekannter der beiden, der gerade zugegen war, vernahm das mit Erstaunen und verlangte zu wissen: «Was hat er sich denn zuschulden kommen lassen, daß dir sein Anblick so zuwider ist?»

«Nichts, und er ist mir auch keineswegs zuwider», gab der Mann zur Antwort, «aber einen Freund, der im Hofdienst steht, kann ich noch lange genug sehen, nachdem man ihn abgesetzt hat. Denn: bin ich ihm *jetzt* eine Plage, tritt *dann* seine Freundschaft zutage. Du weißt ja:

Solange sie in Ehren stehen,
bleiben sie dir fern;
doch stürzen sie aus Amt und Würden,
nahen sie dir gern...»

Besuche mit Maß

Abu Horeira, über dem Allahs Wohlgefallen sei, besuchte Tag um Tag den Propheten – Allah schenke ihm Heil und Frieden! Nun ist ja solche Treue und Anhänglichkeit gewiß eine Tugend, aber auch des Guten kann bisweilen zuviel sein. So sprach denn schließlich der Gottesgesandte zu diesem Besucher: «O Abu Horeira, bleibst du hin und wieder fern, haben wir uns doppelt gern...»

Zu einem einsichtigen Mann sagte einst jemand: «Wer oder was wäre besser als die Sonne? Und doch ist mir noch nie zu Ohren gekommen, daß irgendwer in Freundschaft oder gar Liebe zu ihr entbrannt wäre!»

«Und was ist wohl der Grund hiefür?» gab jener zur Antwort, «daß man sie jeden Tag zu sehen bekommt natürlich! Nur wenn sie im Winter ihr Antlitz verschleiert, wird sie voll Sehnsucht gefeiert...»

Kein Laster ist es, Leute zu besuchen,
doch nicht so oft,
daß sie dir heimlich fluchen!
Tadelst du dich selbst zur rechten Zeit,
bleibst von fremdem Tadel du befreit.

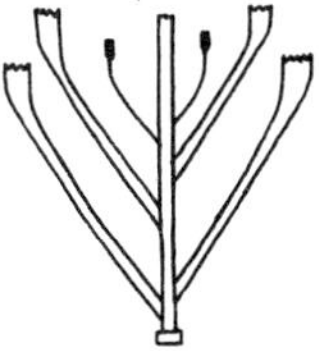

Von peinlichen Winden

Während einer Gesellschaft begann einst im Bauch eines Großen ein Sturm zu toben. Er wehte und wogte durch die Gedärme und drängte einem Ausgang ins Freie zu. O weh! Zwar stemmte und wehrte sich der Fürst eine Weile mannhaft gegen dieses Übel. Dann aber mußte er nachgeben, und der Sturmwind entwich mit lautem Getöse. Da sprach dieser Edelmann zu den Anwesenden: «O ihr Freunde! Was ihr soeben vernommen habt, ist mir wider Willen geschehen. Ich habe keine Wahl gehabt, und somit habe ich auch keine Sünde begangen. *Mir* ist wieder wohl geworden, und *ihr* mögt mir gnädigst verzeihen:

Der Winde Kerker ist dein Bauch,
o weiser Mann;
kein Kluger glaubt,
daß man sie immer halten kann...»

Vom Regen in die Traufe

Ich hatte eine Weile in Damaskus gelebt, war aber schließlich meiner dortigen Gefährten und ihrer Gesellschaft müde geworden. So verließ ich denn die Stadt. Ich wandte mich der Gegend von Jerusalem zu, hauste dort allein in der Wüste und gewann mir das Vertrauen der wilden Tiere.

Dann jedoch fiel ich den Franken in die Hände. Sie nahmen mich gefangen, und ich wurde gezwungen, mit den Juden zusammen Fronarbeit zu leisten und den Stadtgraben von Tripolis auszuheben.

Eines Tages ging einer der Vornehmen von Aleppo, mit dem ich von früher her bekannt war, an mir vorüber. Plötzlich erkannte er mich, blieb stehen und rief: «O

Saadi, so also muß ich dich wiedersehen?! Sag mir doch schnell, was ist dir geschehen?»

«Was gibt es da schon viel zu sagen?» erwiderte ich und sprach diese Verse:

«Ich wollte in Wüste und Fels
den Menschen entgehen,
mit Gott nur sein und nichts
und niemanden sehen.
Wie jetzt mir zu Mute,
das magst du selber erraten,
nachdem statt der Menschen
Unmenschen sich mir nahten...»

Als mein Bekannter das hörte, entbrannte sein Herz in Mitleid für mich, und er kaufte mich für zehn Dinar aus den Banden der Abendländer los. Dann nahm er mich mit sich heim nach Aleppo. Er besaß eine Tochter. Diese gab er mir mit einer Mitgift von hundert Dinar zur Gemahlin.

So weit, so gut! Aber nur eine kurze Weile verging, bis meine Frau ihr übles Wesen offen zur Schau stellte. Ja, bösartig war sie, streitsüchtig und ungehorsam. Sie fing an, ihre lange Zunge wider mich zu wetzen, mich zu verletzen, ständig zu hetzen, mir zuzusetzen und Tage wie Nächte mit Bitterm zu netzen; und nicht umsonst sagt man:

Ein böses Weib in eines guten Mannes
  Haus
lehrt ihn zu Lebzeit schon der Hölle
  Graus!

Wieder einmal hatte sie der Schmähwut ihrer Zunge freien Lauf gelassen, und schließlich schrie sie mir ins Gesicht: «Was bist du denn schon für ein elender Wicht!? Kannst du es leugnen? Ein Nichts bist du gewesen! Nur ein Sklave der Ungläubigen, einer, den mein Vater für zehn Dinar diesen Franken abgekauft hat... Wie? Was denn sonst?»

«Gewiß, ja doch», seufzte ich da, «für zehn Dinar hat er mich aus den Fesseln der Kreuzfahrer losgekauft, um mich für hundert Dinar *dir* auszuliefern! Mir ist es also ergangen wie dem geretteten Schaf:

Einst war ein Held, der eines Wolfs
Gebiß
mit kühnem Griff ein Lamm entriß,
um es zu schlachten dann mit eigner
Hand.
Es sprach das Lamm,
eh ihm das Leben schwand:
Der mich befreite, hat mich neu gekettet,
vor dem Wolf hat mich ein Wolf
gerettet...»

Die Verwandlung des Einsiedlers

Ein syrischer Einsiedler lebte im Walde und nährte sich von wilden Früchten und Baumblättern. Währenddessen verbreitete sich der Ruf seiner Heiligkeit im ganzen Land. Von nah und fern pilgerten Menschen zu ihm, und eines Tages erschien sogar der Padeschah selbst bei dem Eremiten und sprach zu ihm: «Wenn du einverstanden bist, so werde ich dir in meiner Residenz eine Heimstätte schaffen, die deiner würdig ist und wo du es leichter haben wirst, dich ganz der Andacht hinzugeben, als hier in der Wildnis. Auch werden dann die Bewohner meiner Stadt aus deinem Segen Nutzen ziehen und sich dich und deinen frommen Lebenswandel zum Vorbild nehmen können...»

So meinte der Schah; aber der Heilige weigerte sich, die Einöde mit der Stadt zu vertauschen. Einer der Wazire wollte seinem Herrn beistehen, und er nahm daher den Einsiedler auf die Seite und sagte zu ihm: «Schon aus Rücksicht auf den Wunsch der Majestät solltest du diese Einladung annehmen und wenigstens für einige Tage zu uns in die Stadt kommen! Was kostet dich das denn schon? Niemand verlangt ja, daß du für immer dort bleiben mußt. Siehst du dann, daß du nur deine Zeit vertust und daß die Gesellschaft der Leute den reinen Spiegel deines Inneren trübt, so bleibt es dir jederzeit freigestellt, hierher in die Wildnis zurückzukehren...»

Kurzum, sie bedrängten den Eremiten so lange, bis er schließlich nachgab und mit ihnen in die Stadt kam. Dort wies man ihm einen Gartenpavillon des Königs zur Wohnung an. Es war dies eine das Herz erquickende, die Seele erfrischende Stätte:

Mit Rotrosen, glühend wie der
  Liebchen Wangen,
mit Hyazinthenlocken, die sie weich
  umhangen...

Ja, ein Garten war das, wie er den Gläubigen im Paradies verheißen ist: mit der Granatäpfel feurigem Reigen inmitten von grün verschatteten Zweigen. Es dauerte nicht lange, so sandte der Padeschah seinem frommen Gast auch ein Mädchen, ein Schöngesicht:

Ein Mond war das,
den Frömmsten zu betören,
für Engelsleib und Pfauenpracht
der Tugend abzuschwören...

Aber damit noch immer nicht genug! Dieser Mädchenblüte ließ alsbald der Monarch einen Pagen folgen, der ein Wunder war an Schönheit und an Ebenmaß der Gestalt:

Sah man den Schenken,
kam vor Durst man um,
sah man den Wein auch nicht,
so doch die Hülle drum herum!

So beschenkte und verwöhnte der Padeschah den einstigen Waldbewohner, und bald dachte dieser nicht mehr an seine Klause und schon gar nicht an eine Rückkehr dorthin. Wozu auch? Hatte er sich nicht längst daran gewöhnt, statt Blätter und Wurzeln zu kauen von leckeren Gerichten zu kosten? Hatte er nicht seine Fetzen mit Gewändern aus feinen Stoffen vertauscht? So war es, gewiß! Und unser Heiliger fand an all dem Gefallen: an Leckerbissen und Seidenkissen, an Früchten und Weihrauchdüften. Immer mehr fand er auch an der Gesellschaft der beiden Schönen Vergnügen, statt wie früher zu beten und Andacht zu üben. Denn die Weisen haben ja von jeher gesagt:

Nicht kann der Vogel aus dem
  Netz sich retten,
nicht der Verstand aus Schöner
  Lockenketten.

So war er denn nicht mehr der Herr seiner Zeit, sondern vielmehr der Sklave der Zeitlichkeit; und es ist ja bekannt, daß die Wanderer im Geiste und die Großen des

Denkens, die Gelehrten und die Mystiker, wenn sie sich erst einmal mit der gemeinen Welt eingelassen haben, darin klebenbleiben und versinken wie die Fliegen im Honig...

Nach einer Weile verlangte es den Schah nach dem Anblick des Heiligen, und so stattete er ihm in seinem Gartenhaus einen Besuch ab. Doch wie sehr hatte der Eremit sich verändert, seit ihn der König zum erstenmal gesehen hatte! Aus dem hageren, verwilderten, von Sonne und Winden gegerbten Waldmenschen war ein rosiger und fetter Weltmann geworden, der bequem auf ein Brokatpolster hingestreckt ruhte, während der feengesichtige Knabe mit einem Fächer aus Pfauenfedern in der Hand zu seinen Häupten Wache stand.

Erst staunte der Herrscher, dann freute er sich über das Wohlergehen des heiligen Mannes. Er plauderte mit ihm über dieses und jenes, und beim Abschied erklärte er: «Für *zwei* Arten von Menschen habe ich eine solche Verehrung und Zuneigung, daß mich darin niemand in dieser Welt übertrifft: für die Gelehrten einerseits und für die Asketen anderseits!»

Jener Wazir des Padeschah, selbst ein welterfahrener Philosoph, war wiederum anwesend und hörte diese Worte. Da sprach er: «O Majestät, diese Eure Liebe erfordert, daß Ihr sowohl den einen wie auch den anderen Gutes tut! Gebt also den Gelehrten Hab und Gut, damit sie mit Eifer lernen und lehren; den Asketen aber gebt gar nichts, damit sie ihre Heiligkeit wahren und mehren...»

Die Dame, der Reiz und Schönheit
schenkte die Natur,
verschandelt Künstlichkeit und
Schminke nur.
Wer Hab und Gut besitzt und will
noch mehr:
was er auch sein mag,
ist kein Derwisch mehr!

Wer ist ein Heiliger?

Ein Padeschah sah einer ebenso wichtigen wie schwierigen Unternehmung entgegen. Da legte er vor Gott ein Gelübde ab und versprach, daß er eine große Geldsumme an Männer von heiligem Lebenswandel verschenken werde, falls ihm bei seinem Vorhaben Erfolg beschieden sei. Und sieh da! Das Glück war dem König hold; und als er nun sein Ziel erreicht und sein Gemüt sich beruhigt hatte, gedachte er auch wieder jenes Gelübdes. Was er damals in der Stunde der Not und Bedrängnis gelobt hatte, dem wollte er jetzt im Triumph nicht untreu werden.

So füllte denn unser Schah einen großen Beutel bis oben mit Silberstücken und übergab diesen Schatz einem seiner vertrauten Pagen mit der Weisung, ihn unter die heiligen Männer in der Stadt zu verteilen. Dieser Page nun war ein Jüngling, der für seinen hellen Kopf und gewitzten Sinn bei jedermann bekannt war. Was tat er, um seinen Auftrag getreu zu erfüllen? Wohl streunte er den lieben langen Tag durch alle Gassen und Winkel; doch als er um die Abendzeit wieder im Königspalast vor seinem Herrn erschien, war der randvolle Beutel noch immer in seiner Hand und schien auch kein bißchen leichter und leerer geworden...

Der Page küßte ehrfurchtsvoll das ihm anvertraute Gut, legte es der Majestät zu Füßen und erklärte: «Wie sehr ich auch in jeder Ecke dieser Stadt, treppauf und treppab, gesucht und geforscht habe – heilige Männer sind mir doch nirgends unter die Augen gekommen!»

«Was sind das für seltsame Märchen, die du mir da erzählst», rief der Schah, «es soll hier nicht weniger als vierhundert solche Männer geben, so hat man mir gesagt!»

«O Weltbeherrscher», erwiderte da der

Jüngling schlagfertig, «das kann doch nicht wahr sein; denn wer ein heiliger Mann ist, der nimmt kein Geld an, und wer es also annimmt, der ist kein heiliger Mann...»

Da mußte der König laut lachen. Er wandte sich seinen Höflingen zu und sprach: «Wie lieb und teuer mir selbst auch die Gottesmänner sind, so übel scheint ihnen dieser Frechdachs da gesinnt – und zu allem Überfluß ist, was er sagt, auch noch richtig!»

Wenn dein Gold und deine Silberlinge
ein frommer Gottesmann begehrt,
so suche einen frömmern dir,
der Gott und nicht dein Geld verehrt.

Von Worten und Taten

Ein Rechtsgelehrter hatte einen Sohn, der eines Tages zu ihm sprach: «Auf mich machen alle diese schönen Reden und herzbewegenden Ermahnungen der gelehrten Wortkünstler nicht den geringsten Eindruck mehr! Wie steht es denn mit diesen Herren Rednern selbst? Sie predigen wohl ihren Mitmenschen, aber wer sie kennt und beobachtet, der weiß, daß ihre eigenen Taten keineswegs ihren Worten entsprechen...

‹Entsagt der Welt›, so lehren sie die
andern,
indes Geld und Getreide in ihre
Speicher wandern.

Ein Weiser, der nicht handelt,
wie er spricht,
der ist kein Weiser, und sein Wort hat
kein Gewicht!

Allah selbst fragt ja diese Leute in seinem erhabenen Koran: ‹Wie, ihr gebietet Frömmigkeit den Menschen und vergeßt dabei euch selber?› Wie soll auch ein Gelehrter, der nur seinem Wohlergehen und seinem Leibesgenuß frönt, uns andere den rechten Weg führen können? Wie wäre das möglich, da er ja selbst ein Verirrter ist?»

«Ach, mein Sohn», erwiderte der Alte, «so willst du also um nichtiger Einbildung willen verzichten auf Erziehung und richtige Bildung? Indem du die Gelehrten der Verirrung bezichtigst und nach einem Weisen Ausschau hältst, der makellos und vollkommen wäre, beraubst du dich doch selbst des Wissens und seiner Vorzüge! Ja, du erinnerst mich an jenen Blinden, der eines Nachts in einer Schlammpfütze ausglitt, hinfiel und ausrief: ‹O ihr Moslems, habt ihr denn keine Lampe, mir den Weg zu erleuchten?› Eine Dirne erwiderte ihm: ‹Was willst du denn sehen mit der Lampe, du Blinder, da du doch die Lampe selber nicht siehst?!...› Der Prediger, mein Sohn, gleicht dem Krämer: wenn du *diesen* nicht bar bezahlst, bekommst du keine Ware, und wenn du die Belehrungen von *jenem* nicht mit deinem eigenen Streben und inneren Leben erfüllst, so wirst du wahrlich auch keinen Gewinn davontragen. Darum:

Du laß das weise Wort in deine Seele ein,
mag, der es ausspricht, auch kein
Weiser sein...»

Ein schwacher Starker

Ein Mann, der das Herz auf dem rechten Fleck hatte, ging einst zufällig an einer Gruppe von Menschen vorbei. Sie hatten sich alle um einen bekannten Athleten geschart. Was aber war mit diesem? Unterhielt er vielleicht die Leute mit der Kraft seiner Muskeln? Prahlte und protzte er vor ihnen? Gab er eine Schaustellung?

Doch nein, nichts von alledem! Dieser Löwenstarke war vor Grimm außer sich. Er brüllte und tobte, und so groß war seine Wut, daß Schaum seine Lippen bedeckte und Geifer ihm von den Mundwinkeln tropfte.

Ein schöner Anblick ist das nicht gerade, dachte jener Besonnene, und er fragte einen der Umstehenden: «Was ist denn geschehen? Was ist denn nur, bei Allah, in diesen Athleten gefahren?»

«Ach», antwortete der Befragte, «irgend jemand hat ihn geschmäht!»

Da verwunderte sich unser Einsichtiger noch viel mehr, und er rief aus: «Wie das? Eine solche Memme ist dieser Muskelprotz? Er kann mit seinen Armen einen Felsen forttragen, und seine Seele kann nicht das Gewicht eines Wortes ertragen?!...»

Es ist, wer Fäuste hat und Muskeln,
noch kein Mann;
ein Mann ist nur, wer Leidenschaft
beherrschen kann.

Dritte Pforte

VOM VORZUG DER GENÜGSAMKEIT

Der Bettler im Bazar

Ein maghrebinischer Bettler wanderte einst durch den Bazar von Aleppo. Er, der selbst nichts besaß, bestaunte die Schätze und Kostbarkeiten, die dort zu Bergen aufgehäuft lagen. Schließlich gelangte er auf seinem Gang auch in das Viertel der Stoffhändler, wo inmitten riesiger Ballen von Samt und Seide und Brokat die vornehmen Handelsherren auf noch vornehmere Kunden lauerten. Welcher von ihnen hätte den armseligen Bettler auch nur eines Blickes gewürdigt? Aber plötzlich blieb unser Wanderer stehen, betrachtete sinnend all diesen Prunk und dessen Besitzer, die Kaufleute, und sprach dann mit lauter Stimme die Worte:

«O ihr Herren des Reichtums! Wäret *ihr*

und euresgleichen gerecht, und wären *ich* und meinesgleichen genügsam, so gäbe es wahrhaftig in dieser Welt keine Bettler mehr...»

Mich mache reich Genügsamkeit,
die keiner kaufen kann;
wer *sie* nicht hat, und nicht Geduld,
wird nie ein weiser Mann.

Die ungleichen Brüder

Einst lebten in Ägypten zwei Brüder. Sie waren Fürstenkinder, Söhne eines Amirs, und beide besaßen sie glänzende Gaben. Doch ihre Naturen waren verschieden geartet, und so schlugen sie denn auch entgegengesetzte Wege ein. Erkennen wollte der *eine*, und besitzen der *andere*. Da sie zu Großem berufen waren, ließen sie beide, jeder auf seinem Gebiet, alle ihre Rivalen weit hinter sich; und schließlich war der erste der berühmteste Gelehrte seiner Zeit, der zweite jedoch der mächtigste Mann bei Hofe geworden.

Nun sah aber der Mann der Tat mit Geringschätzung auf seinen Bruder, den Mann des Geistes, hinunter und sprach zu ihm: «Sieh nur, *ich* bin aufgestiegen bis zur

Spitze der Herrschaft, während *du* ganz unten weilst in den Niederungen der Armut…»

«Ach, mein Bruder», erwiderte ihm da der Weise, «was mich angeht, so bin ich mit dieser Verteilung der Güter zufrieden. Dem Allerhöchsten sei Dank dafür, daß er *dir* das Erbe der Pharaonen, mir aber das Erbe der Propheten anvertraut hat; denn:

Mir ist es lieber, unter fremdem Fuß
Ameise sein,
als der Wespe gleich zu stechen,
anderen zur Pein.
Dank muß ich immerfort dem
Schicksal sagen,
daß es mir die Macht nicht gab,
den Nachbarn zu erschlagen!»

Der überflüssige Arzt

Ein persischer Herrscher entsandte zum Propheten Mohammed – über ihm und seinem Geschlecht sei Allahs Heil und Friede! – einen erfahrenen Arzt, damit dieser über die Gesundheit des Gottesgesandten und dessen Gefährten wache. Der Gelehrte traf auch ein und wurde ehrenvoll aufgenommen. Aber nachdem er schon ein ganzes Jahr unter den Arabern zugebracht hatte, war doch noch immer kein einziger Kranker bei ihm erschienen, um ihm seine Leiden zu klagen und sich von ihm behandeln und beraten zu lassen.

Endlich riß dem Perser die Geduld. Er war doch nicht zu diesen Beduinen in die

Wüste gekommen, um hier allmählich im Nichtstun seine Kunst zu vergessen! Also suchte er den Propheten auf und sprach zu ihm: «Man hat mich nach Arabien entsandt, damit ich eure Kranken betreuen soll. Doch während all der Zeit, die ich nun schon bei euch lebe, hat noch gar niemand auch nur ein einziges Mal nach meinem Rat und meiner Hilfe verlangt... Wie soll ich denn da meinen Auftrag erfüllen und meiner Pflicht nachkommen können?»

Der Gesandte Allahs – über dem das Heil sei – gab darauf zur Antwort: «Du mußt wissen, daß wir die Gewohnheit haben, nicht eher zu essen, als bis der Hunger uns dazu nötigt, und daß wir uns auch dann niemals satt essen, sondern uns von der Mahlzeit erheben, ehe unser Magen ganz voll und unsere Begierde ganz gestillt ist...»

«Ich verstehe», erwiderte der Arzt, nachdem er sich diese Worte überlegt hatte, «und dies ist natürlich der Grund, warum ihr alle so gesund seid!»

Er küßte vor dem Propheten die Erde,

verabschiedete sich und trat die Heimreise nach Persien an.

Es ißt und spricht der Einsichtsvolle
dann nur, wenn er sieht,
daß durch Fasten oder Schweigen
ihm und andern Leid geschieht.

Wieviel soll man essen?

Die Geschichte, die ich soeben erzählt habe, erinnert mich an eine andere, noch ältere. Es wird nämlich berichtet, daß lange vor der Lebenszeit des Propheten der persische Schah Ardeschir, der Gründer des Hauses der Sassaniden, einen arabischen Arzt gefragt habe: «Wieviel Speise und Trank soll denn ein Mensch täglich zu sich nehmen?»

«Das Gewicht von drei Pfunden», entgegnete der Araber.

Diese Auskunft überraschte den Monarchen, und er rief ungläubig aus: «Was? Und das soll einem Mann genügen, bei Kräften zu bleiben und seine Gesundheit zu bewahren?»

«Gewiß», versicherte der Arzt, «und mehr noch als das: diese Menge, die ich genannt habe, trägt *ihn;* was er aber darüber hinaus ißt und trinkt, das muß *er* tragen:

Um zu leben und uns zu besinnen,
bedürfen wir der Speise;
du aber, scheint mir, hältst das Mittel
für das Ziel der Reise!»

Der Überlebende

Zwei Derwische aus Ostpersien waren übereingekommen, gemeinsam zu wandern. Die beiden waren für jeden, der sie so sah, ein recht seltsames Paar! Der eine war mager und wirkte schwächlich, denn er fastete ständig und nahm nur jede zweite Nacht eine Mahlzeit zu sich. Um so stärker und dicker war der andere, der täglich dreimal und ausgiebig zu essen pflegte.

Nun wollte es das Schicksal, daß man die zwei Wanderer einst für verkleidete Spione hielt. Sie hatten soeben ein Stadttor durchschritten, als die Wachen sie festnahmen. Unheil über Unheil! Man glaubte ihren

Beteuerungen nicht, sondern sperrte sie ein und vermauerte den einzigen Zugang, um sie so in ihrem Kerker elendiglich verhungern zu lassen.

Zwei Wochen waren über diesem Ereignis vergangen, als man endlich durch einen Zufall die Unschuld der Armen entdeckte. Vierzehn Tage und Nächte sind eine lange Zeit! Gab es da eine Hoffnung, die beiden Derwische noch zu retten? Sofort brach man sich Bahn zu den Eingemauerten – und was fand man? Hatte wenigstens *einer* diese Haft überstanden? Ja! Aber nicht der Starke hatte überlebt, sondern der Schwache. Da staunten die Wächter, denn sie alle hatten das Gegenteil erwartet.

Ein gelehrter Mann, der von dem Vorfall hörte, sprach: «Ihr verwundert euch zu Unrecht – erstaunlich wäre vielmehr das Gegenteil gewesen. Jener Derwisch, der umgekommen ist, war ein Vielfraß. Er war nicht gewöhnt, zu fasten, und besaß keine Kraft, Hunger und Durst zu ertragen. Sein Gefährte jedoch hatte sich rechtzeitig mit Entbehrungen vertraut gemacht. Sein Körper war abgehärtet, und so ist er am Leben geblieben:

Bist du mit karger Kost vertraut,
erträgst du Mangel leicht;
doch der Verwöhnte fällt sogleich,
wenn ihn die Not beschleicht!»

Brot und Ehre

Ein Gelehrter hatte ein Haus voll von Essern, aber wenig zu essen, denn sein Einkommen war gering und reichte nicht aus, die hungrigen Münder zu stopfen. Doch was konnte er tun? Als er wieder einmal nicht ein noch aus wußte, weil die Not ihm im Nacken saß, überwand er seinen Stolz und wandte sich in seiner Bedrängnis an einen reichen und mächtigen Herrn, von dem er wußte, daß er zu seinen Bewunderern gehörte.

Was, meint ihr, geschah nun? Fühlte jener Große sich geehrt, daß der Weise gerade *ihm* sein Elend anvertraute und ihn um Abhilfe bat? Weit gefehlt! Er verzog vielmehr sein Gesicht und sah den Bittsteller sauer an, voll Ärger und Mißbilligung; denn solche Bettelei schien ihm eines erleuchteten Geistes unwürdig zu sein:

Läßt den teuren Gönner du deine
  Sorgen hören,
werden deine Bitternisse seinen süßen
  Frieden stören.
Willst du schon um etwas bitten,
  mußt du dazu heiter lachen,
damit man glaubt, dich Glücklichen
  noch glücklicher zu machen...

Nun, so schlau war leider unser Gelehrter nicht! Offen gestand er ein, daß ihn die Sorge um sein und der Seinen tägliches Brot zu Boden drücke. Darauf half ihm zwar sein mächtiger Gönner – aber wie? Mit kümmerlichen Brosamen, ohne Lust und Begeisterung; und was noch viel schlimmer war: er entzog ihm zugleich den größten Teil seiner früheren Achtung und Zuneigung.

Als der Gelehrte erkannte, was er angerichtet hatte, übermannten ihn Reue und Scham. Er versank in bittere Selbstvorwürfe, verlor den Glauben an sein eigenes Denken und Handeln und sprach die Verse:

«Mein Brot, das sich vermehrt,
hat meinen Stolz verzehrt.
Besser Not
als solches Brot,
das mich entehrt!»

Vornehmer als Hatem Tai

Hatem Tai, der arabische Ritter, der durch seine Großmut und Freigebigkeit seinen Namen unsterblich gemacht hat, wurde eines Tages gefragt: «Hast du jemals einen Menschen gesehen, oder von einem gehört, dessen Adel den deinigen noch übertroffen hätte?»

«Ja», erwiderte Hatem, «und das kam so: eines Tages hatte ich vierzig meiner Kamele geopfert, um die Amire Arabiens zu einem Festmahl laden zu können. Während dieses Gelage im vollen Gange war, habe ich mich etwas von meinen Gästen entfernt, um ein Weilchen in der Wüste allein zu sein. Da, plötzlich, habe ich einen Mann erblickt, gerade vor mir – und es ist einer von den ganz Armen gewesen, ein Sammler von

Dorngestrüpp. Er hatte seine magere Beute zu einem Bündel verschnürt und wollte sich eben die Last auf den Rücken laden... Da bin ich zu dem Mann hingegangen und habe zu ihm gesagt: ‹Warum kommst du nicht zum Gastmahl von Hatem Tai? Sieh, gedeckt ist die Tafel, und Menschen aus nah und fern haben sich versammelt, um zu schmausen und zu schlemmen – nur *du* fehlst uns noch! So komm schon und laß uns nicht länger mehr warten!...› Der Dornensammler hat mich seltsam angesehen und mir dann zur Antwort gegeben:

‹Wer sich sein Brot verdient und
seinen Brei,
bedarf der Großmut nicht von
Hatem Tai!›

In diesem Augenblick habe ich erkannt, daß dieser arme und namenlose Mensch vornehmer war als ich selbst...»

Moses und sein Bittgebet

Einst sah der Prophet Moses – über ihm sei das Heil – einen Armen, dessen Not so groß war, daß er nicht einmal mehr Kleider besaß, um damit seine Blöße zu bedecken. Aus Scham und Verzweiflung hatte er sich deshalb bis zum Halse im Sand begraben, und als nun der Prophet an ihm vorüberschritt, rief er ihn an und flehte: «Ach, Moses, bitte du Gott den Allmächtigen, daß er sich meiner erbarme, denn das Elend bringt mich um!»

Moses tat, was der Unglückliche von ihm verlangte, und darauf ging er weiter. Gott jedoch erhörte das Gebet seines Propheten, und jener Habenichts gelangte binnen kurzem zu Wohlstand.

So weit, so gut! Als aber wieder eines Tages Moses aus der Einsamkeit seiner Andacht unter die Menschen zurückkehrte – wen und was erblickte er da? Er sah eine Volksmenge, die mit Geschrei und in Aufregung einen Gefesselten umringte; und dieser Gefangene war niemand anders als der Mann, den damals jenes Gebet aus der Not errettet und mit irdischen Gütern gesegnet hatte. Überrascht fragte Moses: «Was ist denn mit ihm? Was hat er getan?» «Er hat sich betrunken», erwiderten ihm die Leute, «und dann hat er zu grölen und zu toben begonnen. Schließlich hat er Streit gesucht, hat in seinem Rausch ohne Grund einen anderen überfallen und erschlagen. Jetzt soll er seinen Frevel büßen!» Was hätte darauf Moses noch sagen können? Ein erlesener Geist hat einmal gedichtet:

Es gab der Weltenschöpfer jedem,
was ihm frommt,
und was in diesem Dasein ihm zukommt.
Gäbe er der Katze Vogelschwingen,
würde jeden Sperling sie verschlingen.
Kaum hat der Schwache über Schwache
Macht,
hat er auch schon die Schwächern
umgebracht...

Auch der edle Koran verkündet: «Gäbe Allah seinen Sklaven Überfluß, so würde auf dieser Erde die Gewalttat überborden...»

Nun, jedenfalls erkannte Moses, daß er damals mit seinem Gebet seine Grenzen überschritten hatte, und er bat den Schöpfer, dessen Weisheit ihm einmal mehr offenbar geworden war, für diesen Mißgriff um Verzeihung; denn:

Wer fliegen will,
muß auch zu fliegen wissen!
Die Ameise bereute zu spät,
als ihr schon die Flügel zerrissen.
Hast du nicht gehört,
daß Plato einstmals sprach:
«Ameisen, wenn sie fliegen,
werden schwach»?
Der dir in diesem Leben keine
Macht verlieh,
kennt dich besser als du selbst
und irrt sich nie!

Brot oder Perlen?

In der Stadt Basra habe ich einst einen Beduinen gesehen, der im Bazar inmitten einer Gruppe von Juwelenhändlern saß und ihnen diese Geschichte erzählte: «Vor einiger Zeit habe ich mich in der Wüste verirrt. Ach, gibt es ein größeres Elend? Das wenige, was ich an Wegzehrung bei mir gehabt habe, ist bald genug aufgebraucht gewesen. Und nun, was weiter? Der Tod ist mir vor Augen gestanden. Voll Verzweiflung habe ich mein Bündel auf der Suche nach etwas Eßbarem durchwühlt. Und da! Was glaubt ihr? Mit einemmal ist mir ein Beutel in die Hände gefallen, von dem ich nicht mehr gewußt habe, was er enthielt. Könnt ihr euch vorstellen, wie mir zumute war? Mit bebenden Händen habe ich ihn geöffnet –

und nie, solange Leben in mir ist, werde ich die Glückseligkeit vergessen, mit der mich die Hoffnung erfüllt hat, es könnte vielleicht Brot darin sein, und niemals auch die Verzweiflung, die dieser Hoffnung gefolgt ist, als ich dann entdeckt habe, daß in dem Beutel kein *Brot* gewesen ist, sondern *Perlen*, nur Perlen...»

Fragt der, den der Sandsturm der
Wüste begräbt,
ob einer dereinst seine Schätze ausgräbt?

Der Trost des Barfüßigen

Nein, ich habe nie über das Rad der Zeiten geklagt, noch über den Lauf des Himmels mich zu ärgern gewagt – nie, außer einem einzigen Mal! Und wann war das? Es ist geschehen, als mich Not und Armut so sehr geplagt haben, daß ich barfuß durch die Straßen und Gassen der Stadt Kufa geschlichen bin; denn nichts war mir geblieben, nicht einmal Fetzen, womit ich meine Zehen hätte umhüllen können.

Ach, mein Jammer war groß, mein Herz blutete wie meine Füße, und ich habe Mitleid mit mir selbst gehabt und mich für den Elendesten aller Sterblichen gehalten.

Schließlich habe ich Zuflucht gesucht in der berühmten Moschee jener Stadt; und wie ich das Heiligtum betreten habe, da ist mein Blick auf einen Menschen gefallen, der dort in einem Winkel gekauert ist – und ich habe gesehen, daß er nicht nur keine Schuhe gehabt hat, sondern auch keine Füße mehr...

Da ist die Verzweiflung, die meine Seele umklammert hatte, mit einemmal von mir abgefallen. O ja! Ich habe mich meines Kleinmutes geschämt. Ich habe den Allmächtigen um Verzeihung gebeten, ihm für seine Gnade gedankt, und die Nacktheit meiner Füße habe ich geduldig ertragen:

Den Satten kümmert Hühnerbraten
so wenig wie gekochtes Kraut,
indes der Habenichts auf Kraut
wie auf einen Braten schaut.

Schah und Bauer

Es geschah an einem Wintertag, daß ein König im Eifer der Jagd Zeit und Ort vergaß. Er verfolgte seine Beute, hetzte sie weiter und immer weiter, und als die Abenddämmerung über den Horizont sank, befand er sich in einem abgelegenen Gebiet, fern von Weg und Steg.

Nur wenige Getreue hatten dem Schah auf dieser Hetzjagd zu folgen vermocht. Als nun die Männer Ausschau hielten nach irgendeiner Unterkunft, entdeckten sie schließlich eine einsame Bauernhütte.

«Laßt uns dorthin gehen und die Nacht über rasten», schlug der Herrscher vor, «so wird uns wenigstens die Kälte nichts anhaben können!»

Einem der Wazire wollte das gar nicht

behagen, und er erwiderte: «Es liegt unter der Würde Eurer Majestät, in einer elenden Bauernhütte Zuflucht zu suchen! Viel besser scheint es mir, daß wir unser eigenes Zelt aufschlagen, ein Lagerfeuer anfachen und so den Morgen erwarten...»

Der Padeschah hatte gegen diesen Rat nichts einzuwenden, und man beschloß, dem Vorschlag des Wazirs zu folgen. Nun befand sich aber der Bauer, dem die Hütte gehörte, zufällig in der Nähe. Er hatte das Gespräch mitangehört, ohne daß die hohen Jäger auf ihn aufmerksam geworden wären. Rasch eilte er nach Hause, raffte dort alles zusammen, was er an Speise und Trank vorrätig hatte, brachte es vor den Schah, küßte die Erde voll Ehrerbietung und rief aus: «Die Niedrigkeit meiner Behausung hätte die Würde des Sultans nicht zu verkleinern vermocht. Wohl aber hätte ein solcher Gast die Würde des Bauern erhöht – und *das* durfte nicht sein!»

Diese Worte fanden des Königs Wohlgefallen. Er änderte seine Meinung und gab Befehl, die Nacht in der Hütte des Bauern zu verbringen. Es geschah so, und am nächsten Morgen beschenkte der Schah seinen Gastgeber mit Gold und einem Ehrenkleid.

Nachdem die Jäger ihre Reittiere bestiegen hatten, ging der Bauer noch einige Schritte neben dem Pferd des Monarchen her, sah zu diesem auf und sprach dazu die Verse:

«Auch vor dem Herd des Armen
bleibt der Schah ein Schah
und bringt die Bauernmütze
des Himmels Sternen nah...»

Die letzte Reise

Auf der Insel Kisch im Persischen Golf lernte ich einst einen Kaufmann kennen, der über die Maßen reich war. So besaß er etwa hundertfünfzig Lastkamele, um damit seine Waren zu befördern, und vierzig Sklaven standen jederzeit bereit, ihm auf ein Wort oder einen Wink hin seine Wünsche zu erfüllen.

Dieser Handelsherr lud mich eines Abends zu sich nach Hause ein. Er war ein unermüdlicher Schwätzer und Prahler, dem es gefiel, sich vor mir Stunden um Stunden bis tief in die Nacht hinein seiner Erfolge, Unternehmungen und Pläne zu rühmen. «In Turkestan», so sagte er etwa, «besitze ich das und jenes Lagerhaus, in Indien die und die Waren, *der* hat mir sein Land verkauft und *jenem* bin ich für das und das Bürge gewesen...»

Dann wieder rief er aus: «Alexandria hat ein so gutes Klima – ja, ich habe große Lust, nach Ägypten zu reisen!»

Aber einen Augenblick später hatte er seine Meinung geändert und erklärte: «Nein, doch lieber nicht; denn zur Zeit ist das Mittelmeer zu unruhig und zu unsicher...»

So plätscherte sein Redefluß dahin, ohne Grenzen und Ziel.

«Ah, Saadi», so meinte er schließlich, in einem Ton, als vertraue er mir sein tiefstes Geheimnis an, «ich werde nur noch *eine* einzige Reise unternehmen, und darnach will ich mich für den Rest meines Lebens zur Ruhe setzen!»

«Was ist denn das für eine Reise?» fragte ich ihn.

«Ich werde persischen Schwefel nach China bringen», gab er mir zur Antwort, «denn ich habe vernommen, daß in jenem

Reich der Schwefelpreis außerordentlich hoch ist. Mit dem Erlös kaufe ich chinesisches Porzellan, verkaufe dieses in Rum, befördere darnach rumische Seidenstoffe nach Hindustan, von dort aber indischen Stahl nach Aleppo, und schließlich Glaswaren aus jener Stadt nach Jemen, von wo ich mit kostbaren jemenitischen Webereien nach Persien zurückkehren werde... Dies soll meine letzte Reise sein. Hernach will ich dem Handel entsagen und ein beschauliches Dasein führen!»

Noch eine ganze Weile erging sich mein Gastgeber in solchem Ausspinnen und Ausschmücken all der Dinge, die er in Zukunft noch zu tun oder zu lassen, zu kaufen oder zu verkaufen gedachte – bis ihm endlich Atem und Worte ausgingen, und er sich plötzlich darauf besann, daß ich selbst ja noch kaum etwas gesagt hatte.

«O Saadi», rief er da aus, «warum bist du denn so still und sprichst gar nichts heute nacht? Los, erzähle auch du mir etwas, das du gesehen oder gehört hast!» Da sprach ich die Verse:

«Als einst einen wie du in der Wüste
von Ghur
der Tod überfiel, fand die Worte er nur:
‹Dieses Auge hat Frieden, wenn Erde
es füllt,
da ihm vorher den Frieden die Gier
hat verhüllt…›»

Vierte Pforte

ÜBER DIE VORTEILE DES SCHWEIGENS

Versteckter Kummer

Ein Kaufmann hatte einst einen Verlust von tausend Dinaren erlitten. Für ihn war das ein harter Schlag! Aber er ließ sich nach außen hin nichts anmerken, verlor keine Worte darüber und verzog keine Miene deswegen. Zu seinem Sohn jedoch, dem Mitwisser seiner Niederlage, sprach er nachher unter vier Augen: «Diese Sache muß unter uns bleiben. Du darfst niemandem etwas davon sagen und deine Gefühle den andern nicht zeigen!»

«Gewiß, Vater», beteuerte der Jüngling, «wenn das dein Gebot ist, so werde ich natürlich schweigen. Nur – willst du mir nicht verraten, *warum* wir unser Unglück vor der Welt geheimhalten sollen? Was ist der Sinn deines Befehls?»

«Sein Sinn ist dieser», belehrte ihn da der Alte, «daß man aus *einem* Übel nicht *zwei* machen soll: wer Verlust erlitt an Hab und Gut, sei vor dem Hohn des Nachbarn auf der Hut; denn:

Die deine Feinde sind,
sein werden oder waren,
mästen sich am Gram,
den sie von dir erfahren!»

Der kluge Jüngling

Ein Jüngling besaß hervorragende Geistesgaben, Kenntnisse auf vielerlei Gebieten und kam an Einsicht den Weisen gleich. Er war aber ebenso scheu wie klug. Befand er sich in der Gesellschaft von gelehrten Männern, so lauschte er deren Worten, ohne selbst nur ein einziges zu äußern. Darüber wunderte sich sogar sein eigener Vater, und eines Tages fragte er ihn: «Warum schweigst du denn so beharrlich, mein Sohn, und verbirgst dein Wissen, statt es die anderen hören zu lassen?»

«Ich fürchte», gab der Jüngling zur Antwort, «sie könnten mich dann nach dem fragen, was ich *nicht* weiß, und mich damit beschämen. Auch kennst du gewiß die Verse:

Vernahmst du, daß ein Sufi einst
die Schuhe sich beschlug,
als ihm auch schon ein General:
‹Beschlag mein Pferd!› auftrug?
Darum: so du schweigst,
hast du nichts zu verlieren;
sprichst du aber, prüft ein jeder dich
sogleich auf Herz und Nieren...»

Das Schweigen des Scheichs

Einst wurde ein bedeutender Gelehrter von einem Ketzer in ein Streitgespräch verwickelt. Eine Weile stand er Rede und Antwort; dann jedoch mußte er erkennen, daß seine Beweisführung nichts wider den andern vermochte, da dieser schon deren Grund und Voraussetzungen nicht anerkannte. Sie sprachen aneinander vorbei, als redeten sie verschiedene Sprachen. Nachdem der Scheich das eingesehen hatte, warf er Waffen und Schild seiner Gelehrsamkeit weg, wandte sich ab und ging davon, ohne noch ein weiteres Wort zu verlieren.

Einer seiner Freunde, der ihm gefolgt war, fragte ihn darauf mit Erstaunen: «Wie? Ein Kopf wie du, so kenntnisreich und so vortrefflich, kann diesem Ungläubigen nicht die Stange halten? Hast du denn nicht die Waffen vor ihm gestreckt? Wie ist das nur möglich?»

«Mein Lieber», entgegnete der Scheich, «meine Wissenschaft fußt auf dem Koran, der Überlieferung und der gelehrten Tradition. Mein Gegner jedoch verleugnet das alles, er verneint das Fundament, auf dem ich stehe, und so gleiten denn meine Worte an ihm ab, als hätte ich sie nicht gesprochen und er sie nicht vernommen. Sag selbst! Welchen Nutzen hat es da für uns beide, einander noch länger in den Ohren zu liegen? Und Zeit und Worte zu verschwenden?

Wer vor Koran und Prophet
sich nicht will verneigen,
dem gib zur Antwort
statt Worten – Schweigen.»

Der Klügere gibt nach

Galenus, der große griechische Arzt, war einmal Augenzeuge einer Schlägerei zwischen einem Gelehrten und einem Tölpel. Letzterer war seinem Gegner an Körperkräften überlegen, denn gewöhnlich sind ja die Männer der Wissenschaft keine Athleten. So hielt denn der Dummkopf den Vielwisser am Kragen gepackt, verprügelte ihn weidlich und spielte ihm übel mit. Ein schönes Schauspiel war das nicht!

Da schüttelte Galenus betrübt den Kopf und sprach zu seinen Schülern: «Dieser Gelehrte trägt selbst die Schuld an seinem Mißgeschick. Wäre er nicht nur ein Vielwisser, sondern auch ein Wissender, so hätte er es zu vermeiden gewußt, daß ihn ein Unwissender so zurichtet!»

Zwei Kluge werden Haß und Kampf
vermeiden,
ein Weiser wird vom Hohlkopf friedlich
scheiden,
und wenn der Einfaltspinsel schimpft
und tobt,
besänftigt ein Gescheiter ihn, der lobt.
Doch sind der Dummen zwei,
so wird gekämpft,
weil zwei das Feuer schüren,
und es keiner dämpft.

Vom Zuhören

Einen Weisen habe ich einmal sagen hören: «Keiner gesteht so offen ein, daß er ein Barbar ist, wie jener, der im Gespräch einen anderen unterbricht, ehe dieser zu Ende gesprochen hat...»

Einen Anfang hat die Rede,
und ein Ende –
gestatte ihr, daß sie
von selber ende!
Bist du ein Mann von Bildung
und Verstand,
zerschneidest du nicht
fremder Worte Band.

Der verschwiegene Wazir

Als einst Hasan Maymandi, der Wazir des Indieneroberers Sultan Mahmud von Ghazna, von einer Besprechung kam, die er unter vier Augen mit dem Herrscher geführt hatte, erwarteten ihn voll Neugier einige Höflinge. Sofort umdrängten und bestürmten sie ihn mit Fragen: «Was hat dir der Sultan gesagt? Was denkt er? Was sind seine Pläne?»

«Das wird euch nicht verborgen bleiben», erwiderte Maymandi mit ruhiger Würde den Zudringlichen.

Diese Antwort gefiel natürlich den Höflingen ganz und gar nicht. Sie murrten: «Warum vertraut er *uns* nicht an, was er *dir* anvertraut?»

«Weil», erklärte ihnen der Wazir, «der

Sultan weiß, daß ich das, was er mir sagt, nicht weitersage; und dasselbe wißt auch ihr! Warum also fragt ihr mich dennoch?»

Stets weiß der Lebenskluge mehr,
als er den andern sagt,
verrät des Schahs Geheimnis nicht,
wie sehr man ihn auch fragt.

Der betrogene Astrologe

Ein Sterndeuter kam unerwartet nach Hause, und was mußte er da entdecken, der Arme? Seine Frau fand er in Gesellschaft eines ihm fremden Verehrers! Statt nun diesen Knoten in aller Stille zu lösen, ließ der betrogene Ehemann seiner Überraschung und Wut freien Lauf. Ja, er schrie und tobte so lange herum, bis alle Welt von der Sache erfuhr und seine Schmach in jedermanns Munde war. Ein Fest war das für alle neidischen und schadenfreudigen Zungen! Ein kluger Mann jedoch sprach, als er vom Mißgeschick des Astrologen hörte, nur die Verse:

«Schweig du von dem,
was der gestirnte Himmel tut,
wenn du nicht weißt,
wie sich dein eignes Weib vertut!»

Dichter und Meisterdieb

Manchmal ist es selbst für einen Dichter besser, zu schweigen, statt zu reden; und nicht nur die Schmähung kann gefährlich sein, sondern auch und sogar das Lob!

Ein Poet suchte einst in seinem Lager den Fürsten der Diebe und Einbrecher auf und trug ihm ein Preislied vor, das er zu Ehren dieses Erzgauners gedichtet hatte. Aber dem so Gefeierten mißfiel das Kunstwerk. Ja, statt sich geschmeichelt zu fühlen, ärgerte er sich darüber so sehr, daß er Befehl gab, dem armen Dichter die Kleider vom Leibe zu reißen und ihn nackt, mit Schimpf und Schande, aus dem Lager zu jagen.

Nun müßt ihr aber wissen, daß es Winter war und die Luft bitter kalt! Mit klappernden Zähnen rannte und stolperte der entblößte Poet seines Weges. Aber um sein Unglück voll zu machen, verfolgten ihn die

Hunde der Räuber, bellten und schnappten nach ihm und wollten nicht mehr von ihm ablassen. Um sich der Bestien zu erwehren, bückte sich der Dichter nach einem Stein – doch Unheil über Unheil! Der Stein war in der Erde festgefroren, und selbst die Kraft der Verzweiflung vermochte ihn nicht von seinem Platz zu bewegen. Da schrie der gepeinigte Wortkünstler: «Weh mir, weh, was sind das nur für ausgekochte Lausbuben, in deren Hände ich Unglückseliger da gefallen bin! Die Leinen haben sie von den Hälsen ihrer Hunde gewunden und dafür die Steine am Boden festgebunden!»

Das hörte der Meisterdieb, der von seiner Behausung aus mit Vergnügen das Schauspiel genoß. Das Wortspiel des Poeten gefiel ihm. Er mußte lachen, verzieh ihm in seinem Herzen die mißglückte Ode und rief: «O du weiser Mann, jetzt darfst du dir von mir etwas wünschen!»

«So gib mir nur meine Kleider wieder zurück, wenn du so gütig sein willst», bat der gehetzte Dichter, «denn:

Es hofft der Mensch zwar,
daß ihm Menschen Gutes tun,
doch, siehe, mir genügt es nun,
willst du mir kein Leid antun!»

Da regte sich das Erbarmen auch in der bösen Natur des Meisterdiebs. Er gab dem Dichter nicht nur sein Gewand zurück, sondern beschenkte ihn überdies noch mit einem Pelz und einigen Silberstücken.

Der Molla mit der Rabenstimme

Ein Geistlicher hatte eine abscheuliche Stimme. Alle wußten darum – alle, außer ihm selbst. Denn er hielt im Gegenteil seine Stimme für ganz besonders schön. Er war stolz auf sie, und am Freitag, wenn er auf der Moscheekanzel stand, predigte er so laut und so lange wie nur möglich.

Für die armen Zuhörer war das eine ständige Qual. Bald glaubten sie, aus seinem Schlund das Krächzen des Unglücksraben zu vernehmen, der den Liebenden die baldige Trennung weissagt; bald wieder mußten sie an das Koranwort denken: «Die häßlichsten aller Töne sind fürwahr die Schreie der Esel...»

Doch, was tun? Niemand in dem Ort fand den Mut, dem Molla die Wahrheit zu sagen – und so zogen es die Leute denn vor, selber schweigend zu leiden, statt den ehrwürdigen Schreihals zum Schweigen zu bringen.

Das dauerte so eine Weile. Dann kam eines Tages ein Kollege dieses Predigers, der im Nachbarort wirkte, zu ihm auf Besuch. Da er ihm in seinem Herzen grollte, nahm er die Gelegenheit wahr, und nachdem er sich mit scheinbarer Freundlichkeit nach seinem Befinden erkundigt hatte, sprach er: «Ach ja, richtig! Mir hat da neulich von dir geträumt – möge es dir Glück und Segen bringen!»

«Was war denn das für ein Traum?» wollte der Gastgeber wissen.

«Nun ja», erwiderte sein Besucher mit scheinheiligem Wohlwollen, «wie seltsam, nicht wahr? Da hat mir doch wirklich geträumt, deine Stimme habe sich mit einemmal verwandelt. Lieblich und wohlklingend sei sie geworden, und für die Gläubigen sei es ein Genuß gewesen, dir zu lauschen, ein wahres Vergnügen...»

Der Molla mit der Rabenstimme sagte

erst nichts. Er dachte über das Gehörte nach, und dann, endlich, gingen ihm die inneren Augen auf, und er verstand, daß er sich selbst so lange belogen hatte. So antwortete er denn: «Das ist wirklich ein gesegneter Traum, den du da gehabt hast; denn, sieh, er hat mich meinen Mangel erkennen lassen! Ich weiß nun, daß meine Stimme häßlich ist, und daß ich die Leute quäle, wenn ich laut spreche. Ja, ich bereue meinen Fehler, und in Zukunft werde ich weniger reden und meine Stimme im Zaum halten, wenn sie von der Kanzel ertönt. Dir aber danke ich, denn:

Sieh, ich mag nicht Freunde,
die meine Fehler preisen,
und die auf meine Dornen
so wie auf Rosen weisen…»

Der Moezzin von Sendschar

Der Moezzin der Moschee von Sendschar war ein frommer Mann. Er war es so sehr, daß er sogar auf ein Entgelt für seine Dienste verzichtete. Doch was half schon seinen Mitmenschen dieser Edelmut? Man muß nämlich wissen, daß der gute Mann eine so häßliche Stimme hatte, daß die Gläubigen, wenn er sie damit zum Gebet rief, viel lieber ihre Ohren verstopft oder das Weite gesucht hätten...

Nun war der Fürst jener Gegend ein gerechter Herrscher und von gütigem Wesen. Als Herr jener Moschee wollte er seinen Leuten zwar helfen, den Moezzin mit der unglückseligen Stimme loszuwerden; aber andrerseits widerstrebte es ihm auch, diesem wehzutun. So suchte er ihn denn eines

Tages auf und sprach zu ihm: «O edler Freund, sieh, es gibt hier Gebetsausrufer, die älter sind als du, und denen ich jeweils für ihre Dienste fünf Dinare bezahlt habe. Dir möchte ich nun heute zehn Dinare geben, dich aber zugleich bitten, doch künftig an einer anderen Stätte zu wirken, damit auch deine Vorgänger hier wieder einmal an die Reihe kommen!»

Dagegen war wenig einzuwenden. Der Moezzin nahm also den Vorschlag an und räumte das Feld. Doch, sieh da, wer hätte das gedacht? Schon nach kurzer Zeit erschien er wieder vor dem Amir und erklärte: «O Herr, Ihr habt mir Unrecht angetan! Ihr habt mir zehn Dinare gegeben, damit ich anderswo arbeite, und jetzt wollen sie mich dort, wo ich hinging, ebenfalls fortschicken; aber sie bieten mir dafür einen doppelt so großen Betrag wie Ihr, nämlich zwanzig Dinare, und dennoch habe ich mich bisher standhaft geweigert, das Angebot anzunehmen...»

Als der Amir das hörte, lachte er so sehr und so lange, bis er fast ohnmächtig wurde, und rief aus: «Gut so, mein Lieber, gut! Nimm die zwanzig nur ja nicht an – denn sie werden dir bald genug auch fünfzig bieten…»

Der Klang der Axt auf Stein
kann noch dein Ohr verwöhnen,
vergleichst du ihn
mit manchen Menschentönen!

Schweigen um Gottes Lohn

Ein Koranleser, dessen Stimme jeglichen Wohlklangs entbehrte, rezitierte laut das heilige Buch. Menschen gingen an ihm vorüber und mußten ihn wohl oder übel anhören. Es war eine Plage für jedermanns Ohren!

Schließlich nahm sich einer ein Herz, blieb vor dem frommen Störenfried stehen und fragte ihn: «Was bezahlt man dir denn eigentlich für diese deine Beschäftigung?»

«Gar nichts!» erwiderte der Vorleser.

«Nichts? Wirklich? Warum strengst du dich denn so sehr an? Wozu all die Mühe und der Aufwand?»

«Oh», erklärte der Rezitator voll Stolz, «ich lese um Allahs willen, und mein Lohn ist Gottes Lohn!»

«So höre um Allahs willen auf damit», bat der andere, «denn dein Schweigen verdient wahrlich größeren Lohn:

Wer so wie du das Gotteswort
  verkündigt,
ist einer, der sich am Islam versündigt...»

Fünfte Pforte

VON LIEBE UND JUGEND

Herrschaft und Liebe

Ein vornehmer Herr besaß einen Sklaven von seltener Schönheit. Er verliebte sich in den Jüngling und verwöhnte ihn sehr. Aber wer nun glaubt, daß der Sklave sich dafür dankbar und doppelt diensteifrig zeigte, der täuscht sich! Das Gegenteil war der Fall. Je mehr Gunst ihm zuteil wurde, um so widerspenstiger und ungehorsamer gebärdete sich der Mondgesichtige. Ja, oft hätte man sich fragen können, wer von den beiden nun eigentlich die Zügel in den Händen hielt. Eines Tages beklagte sich deswegen der Herr einem Freund gegenüber und sagte: «Wie schade! Sieh, dieser mein Sklave ist wunderschön und so reich begabt. Aber leider läßt sein Benehmen viel zu wünschen übrig. Wenn er doch nur nicht so vorlaut und unhöflich wäre!»

«Mein Teurer», erwiderte der andere, dem die Gefühle seines Freundes nicht verborgen geblieben waren, «wenn du erst einmal den Weg zur Liebe eingeschlagen hast, so darfst du nicht mehr erwarten, Gehorsam zu treffen! Wo Liebender und Geliebter weilen, da gibt es nicht länger den Herrn und den Beherrschten:

Wie? Mit seinem Feenpagen
spielt und scherzt der Herr?
Was Wunder, wird der Herr zum Sklaven,
und der Sklave Herr!»

Der verliebte Fromme

Ich habe einen ehrwürdigen Frommen gekannt, der sich einst heftig verliebte. Weder konnte er seiner Leidenschaft widerstehen, noch auch durfte er sie der Welt gestehen. So mußte er denn mancherlei Schimpf erdulden und vielerlei Plagen erleiden. Aber heilte ihn das? Mitnichten! Statt die Fesseln zu lockern und endlich zu lösen, verstärkten sie solche Heimsuchungen noch; und er selbst sprach die Verse:

«Ich lasse nicht ab, zu knien vor dir,
magst auch dein Schwert du
wider mich ziehen –
mir bleibt keine Zuflucht außer zu dir,
und flieh ich, kann ich zu dir nur
fliehen...»

Auch ich schalt ihn einmal wegen seiner Hörigkeit und sagte: «Ich verstehe nicht, wie es geschehen kann, daß sich ein so feiner Geist wie der deine von der niederen Begierde der Triebseele so völlig versklaven läßt! Wie kommt denn das?»

Mein Freund versank eine Weile in Nachsinnen; dann endlich hob er den Kopf, sah mich an und erwiderte nur:

«Wann immer den Thron
Sultan Liebe besteigt,
wird die Frömmigkeit schwach,
und der Prediger schweigt...»

Der Tod des Liebenden

Ein Jüngling hatte sein Herz an einen Prinzen verloren. Die Liebe hatte von ihm Besitz ergriffen, und sie ließ ihn das eigene Leben gering achten und die Güter dieser Welt verachten. Doch wie hätte er das hohe Ziel, nach dem seine Sehnsucht unterwegs war, auch jemals erreichen können? Wie den Gipfel erklimmen und dem Abgrund entrinnen? Wie konnte er die Speise, nach der ihn verlangte, verdauen, und wie sich den Vogel, von dem er träumte, zu fangen getrauen? Was besaß er denn schon, das ihm eine solche Beute hätte erjagen helfen?

Wenn der, den du liebst,
kein Gold und Geld begehrt,
sind dein Gold und Geld
gleich Staub und Stein – nichts wert!

Mit Rat und Tat versuchte man den Liebeskranken zu heilen, und seine Freunde ermahnten ihn ständig: «Begehre nicht länger das Unmögliche! Sieh, du bist ja nicht der einzige, der an dieser Krankheit leidet; aber du und deinesgleichen – ihr verzehrt euch umsonst in den Fesseln eurer Leidenschaft und stürzt euch mit eigener Hand ins Verderben!»

Aber wo und wann hätten schon die Liebenden in ihrem Weh auf die Ratschläge der Klugen gehört? So entgegnete ihnen auch dieser Jüngling mit Worten und Versen wie diesen:

«Mit eurem Rat verschont mich,
o Gefährten!
Mein Auge sieht nur ihn,
nur ihm will ich gehören.
Es töten Helden mit des Leibes
Kraft die Feinde;
doch die Schönen töten Freunde,
die sie nicht erhören...

Nein, nein – wer aus Sorge um Leib und Leben sich abwendet vom Geliebten, der weiß nicht, was Liebe ist, und wird es niemals wissen:

O du, der du in Selbstsucht ganz
gefangen bist,
du spielst ja auch die Liebe nur mit
Lug und List!
Doch wer in Wahrheit liebt und nicht
den Freund gewinnt,
der klage nicht,
auch wenn das Leben ihm zerrinnt.
Sieh, kann ich des Geliebten Hand
nicht fassen,
will ich vor seiner Tür mein
Leben lassen...»

So half denn alles Zureden nichts, und weder Milde noch Strenge vermochten diesen Liebeskranken zu heilen. Ja, er wollte von Heilung ja auch gar nichts wissen! Nicht an sich selbst mochte er denken, sondern nur an jenen, den er liebte. Wundert euch das? Habt ihr denn nicht vernommen, was einst ein angebetetes Geschöpf zu seinem Liebhaber gesagt hat? So hört nur:

Wie könntest du denn *meinen* Wert
ermessen,
solange du den *deinen* nicht vergessen?

Doch kehren wir zu unserer Geschichte zurück! Eines Tages hinterbrachte man dem Königssohn, in den dieser Jüngling verliebt war, die Angelegenheit. «Dieser Bursche», so sagte man ihm, «ist von gutem Aussehen, und überdies beherrscht er die Kunst der Rede, so daß alle ihm lauschen, wenn er spricht. Doch sein Herz ist aufgewühlt, und sein Gemüt ist verwirrt... Dort, an der Ecke jenes Platzes, da sitzt er! Das ist er!»

So erfuhr denn der Prinz, daß er ohne sein Wissen und Wollen zum Ziel der Liebesleidenschaft eines Fremden geworden war. Rasch entschlossen lenkte er sein Pferd dorthin, wo sein Anbeter saß. Als dieser ihn kommen sah, sprach er die Verse:

«Es naht sich mir,
der mir den Tod bringt.
Meiner erbarmt sich,
der mich ins Grab zwingt...»

Inzwischen hatte aber der Prinz den Jüngling erreicht. Freundlich sprach er ihn an und fragte: «Wer bist du denn? Wie heißest du? Und was ist dein Beruf?»

Aber der Jüngling vermochte nicht zu antworten. Er war in den Ozean seiner Liebe getaucht, und die Wogen schlugen über seinem Haupt zusammen. Die Gegenwart des Geliebten hatte ihn der Sprache beraubt; kaum vermochte er noch zu atmen.

Schließlich rief der Prinz: «Ach du, warum gönnst du mir auch nicht ein einziges Wort? Sieh, auch ich gehöre doch zu den Derwischen – ja, mehr noch, der Sklave bin ich der Derwische!»

Diese hohe Demut des Geliebten brachte den Liebenden für einen Augenblick in diese Welt zurück. Er hob den Kopf und erwiderte aus dem Sturmmeer seiner Leidenschaft:

«Welch Wunder, daß *du* da bist,
und *ich* noch nicht verschwand;
daß *du* so zu mir redest,
und *ich* noch Worte fand...»

So sprach der Jüngling, schrie auf und übergab seine Seele dem Allmächtigen.

Mich wundert nicht, daß einer stirbt
vor des Geliebten Zelt –
mich wundert nur, wenn einer liebt
und sich am Leben hält.

Lehrer und Schüler

Ein Lehrer hatte unter seinen Schülern einen, der war an Schönheit berückend und seiner Rede Süße beglückend. Kurz, der Schulmeister verlor sein Herz an diesen Jungen. Er brachte es nicht über sich, ihn wie die andern Knaben zu tadeln und zu bestrafen; denn wenn er ihn nur ansah, schmolz sein Gemüt wie Kerzenwachs in der Flamme.

Einst, als der Lehrer mit dem Mondgesichtigen unter vier Augen allein war, verlieh die Leidenschaft seiner Zunge Flügel, und er brach in die Verse aus:

«Ach, so sehr verlor ich mich in dir,
o Paradiesgesicht,
daß für mich selbst erstarb und schwand
mein Augenlicht!
Ja, würdest du mit Pfeilen, scharfen,
auf mich schießen:
ich würde immer weiter deinen Anblick
noch im Tod genießen...»

«O Meister», erwiderte der Knabe, «du bist es, der darüber wacht, daß mein Geist wachse. Aber ich bitte dich: sorge dich auch um meinen Charakter und laß nicht zu, daß in meinem Wesen schlechte Eigenschaften Wurzel schlagen und wuchern! Wenn du solche entdeckst, so sei nicht voll Nachsicht, sondern sage es mir und weise mich streng zurecht, damit ich bereuen, mich anstrengen und bessern kann!»

Doch der Lehrer, als er das hörte, gab zur Antwort: «Damit verlangst du zuviel von mir, Knabe – und wenn du solches von mir erwartest, bin ich ein schlechter Lehrer für dich. Dir deine Fehler und Mängel zu nennen und dich zu schelten, das mußt du schon andere bitten; denn *mein* Auge vermag nur dein Schönes und Gutes zu sehen:

Wenn der Feind auch dein Verdienst
in Schuld verkehrt,
ist dem Freund die *eine* Tugend
mehr als siebzig Mängel wert…»

Die ausgelöschte Kerze

Eines Nachts, so erinnere ich mich, saß ich allein und schlaflos in meinem Zimmer, als ganz unerwartet ein Freund erschien, den ich damals sehr lieb hatte:

Meine Sehnsucht wurde wirklich,
und die Finsternis zerstob
vor dem Leuchten meines Glückssterns –
dafür sei ihm Preis und Lob!

Eine Freude, die uns überrascht, ist eine doppelte Freude. So sprang ich denn auf, und – ungeschickt in meiner Aufregung – wischte ich mit meinem Ärmel über das Kerzenlicht und löschte es aus. Jäh wurde es dunkel um uns. Da hörte ich die Stimme meines Freundes, die mich schalt und ausrief: «Was soll denn das bedeuten? Warum löschest du das Licht aus im gleichen Augenblick, in dem du mich siehst?»

«Weil ich gedacht habe, die Sonne sei aufgegangen!» erwiderte ich und fügte die Verse hinzu:

«Verschattet dir ein Unhold
  frech dein Licht,
so zünde mutig heim dem Bösewicht –
doch steht da ein Lieber mit
  lächelndem Munde,
so lösche das Licht und genieße
  die Stunde!»

Von der Versuchung

Jemand stellte einem Gelehrten die folgende Frage: «Wenn es einem Verliebten gelungen ist, alle äußeren Hindernisse zu überwinden und mit einem Mondgesicht unter vier Augen zusammen zu sein; wenn die Türen verschlossen und die Blicke der Wächter geschlossen sind; wenn dafür die Leidenschaft erwacht und der Brand der Sinne entfacht ist – kurz, wenn, wie die Araber sagen: ‹Die Dattel gereift ist, und der Gärtner verreist ist›, hältst du es da für möglich, daß einer dennoch der Versuchung widersteht, die schöne Frucht sich zu pflücken?!»

Der Gelehrte überlegte und erwiderte sodann: «Auch wenn er verzichtet und die

Dattel nicht raubt, so gibt es doch niemand, der ihm das glaubt:

> Mag auch ein Mensch sich selber widerstehen,
> den bösen Zungen wird er nie entgehen...»

Sehnsucht und Überdruß

Jemand hatte den Menschen, den er liebte, lange Zeit hindurch entbehren müssen. Überall hatte er ihn gesucht, aber nirgends ihn finden können; und erst, als er schon ganz verzweifelt und hoffnungslos war, tauchte das geliebte Wesen plötzlich selbst bei ihm auf.

«Wo bist du gewesen?» rief er aus, als ihm die Zunge wieder gehorchte, «denn, sieh, ich habe mich in Sehnsucht nach dir verzehrt!»

«Eben deshalb», bekam er zur Antwort, «denn wer sich in Sehnsucht verzehren muß, der bleibt verschont vom Überdruß.»

O Zauberbild, das trunken macht,
wie spät bist du gekommen –
doch wer zu früh und oft genießt,
hat rasch sich übernommen!

Eifersucht

Wenn ich im Geiste durch die Gärten meiner Erinnerungen wandere, so sehe ich auch das Gesicht eines Weggefährten vor mir, dessen Herz einst dem meinen so nahe war, wie zwei Mandelkerne einander sind, die von der gleichen Schale umschlossen werden. Ja, wir waren beisammen, so oft es das Schicksal nur zuließ.

Doch dann geschah es einmal, daß *er* verreisen mußte, und *ich* ihn nicht begleiten konnte. Nun, es geht alles vorüber – und nach einer Weile kehrte er zurück. Trotz der Freude des Wiedersehens merkte ich, daß er etwas wider mich auf der Seele trug, und schließlich verbarg er mir auch nicht länger seinen Unmut und begann offen, mir Vorwürfe zu machen. «Du hast gewußt, wo ich gewesen bin», so schalt er mich, «und doch hast du während all dieser Zeit niemals einen Boten zu mir gesandt, damit er mir Grüße oder einige Zeilen von dir überbringe!»

«Ich weiß», gab ich zu, «aber ich habe den Gedanken nicht ertragen können, daß das Auge dieses Boten durch deine Schönheit erstrahle, während ich selbst in der Ferne mit Traurigkeit zahle...»

Und dann sprach ich die Verse:

«Mich zwingen, Lieber, weder Wort
noch Schwert,
daß ich bereue;
denn es wäre meine Reue
ein Verrat an meiner Treue...»

Papagei und Rabe

Ein Papagei wurde mit einem Raben zusammen in den gleichen Käfig gesperrt. Er war darüber keineswegs erfreut, sondern beklagte sich bitter über die Häßlichkeit seines Gefährten und rief aus: «Zu welch abscheulichem Anblick bin ich Armer verdammt!

> Ach, wäre von dem Kerl ich doch befreit,
> und er mir wie das Abendland vom
> Morgenland so weit!
> Wer, Ungeheuer, neben dir erwacht,
> dem wandelt sich der Morgenglanz
> in Nacht...»

So zeterte und schalt der Papagei ohne Unterlaß. Doch seltsam! Auch der Rabe war mit seinem Schicksal alles andere als zufrieden. Statt die Gegenwart eines doch so hübsch farbigen und gelehrt sprechenden Nachbarn als eine Ehre aufzufassen, äußerte er im Gegenteil nur Ärger und Verdruß, rief die Allmacht Allahs an, klagte Himmel und Weltlauf an und schimpfte so: «O Unstern, der mir solches Unheil beschert! O könnte ich doch, wie es meiner würdig wäre, mit meinesgleichen eine Gartenmauer entlang schreiten; aber statt dessen muß ich die Verse anführen:

Zwiefach dem frommen Mann
die Haft mißfällt,
wenn man ihn dort
zu Lumpenpack gesellt!

Ach, welche Sünde habe ich denn schon begangen, daß man mich dazu verurteilt, die Gesellschaft dieses eitlen und einfältigen Gecken zu ertragen? Dieses bunten Schwätzers, von dem ich sage:

Ja, würde man das Paradies *dir* geben,
so wünschte in der Hölle *ich* zu leben…»

Ich habe diese Fabel erzählt, damit du siehst und begreifst, daß nur Wesen der gleichen Art sich liebhaben können. Vergiß nicht, daß derjenige, dessen Gesellschaft dir in der Seele zuwider ist, auch die deine verabscheuen wird! Dem Wissenden ist der Unwissende ein Ärgernis, aber noch viel mehr dem Unwissenden der Wissende. Darum sollst du dir zu Herzen nehmen, was uns die folgenden Verse berichten:

Als unter Taugenichtse einst ein
  Eremit geriet,
sprach zu ihm ein Schenkenbub:
  «Wisse du, was dir geschieht,
scheint dir bitter, macht dich blaß,
doch bringst auch du *uns* keinen Spaß!
Du Holzklotz fielst in unser Blumenbeet,
dich hat ein Schneesturm wohl
  hierher geweht!
Drum schaue nicht so grimmig in die
  Welt:
dein Anblick hat uns ohnedies den Tag
  vergällt!»

Versöhnung

Ich hatte einen Freund, der mir viele Jahre hindurch näher stand als jeder andere Mensch. Wir waren Reisegefährten, vertrauten uns gegenseitig unsere Geheimnisse an und teilten Hab und Gut, Speise und Trank.

Aber schließlich ging unsere Freundschaft in die Brüche, weil er sich nicht scheute, um eines kleinen Vorteils willen meine Gefühle zu verletzen. Doch das ist eine Geschichte für sich, von der ich hier schweigen will. Jedenfalls trennten wir uns und sahen uns lange Zeit hindurch nicht. Aber das Menschenherz geht seine eigenen Wege, die nicht immer die des Verstandes sind! Obwohl wir doch beschlossen hatten, nichts mehr voneinander wissen zu wollen, dauerte die alte Anhänglichkeit fort, und jeder sehnte sich heimlich nach dem andern, ohne daß dieser es ahnte.

Da erfuhr ich eines Tages, daß mein einstiger Freund in einer Gesellschaft ein Gedicht von mir aufgesagt hatte, das mit den Versen beginnt:

O kämest du, dem meine Sehnsucht gilt,
und lächeltest mir zu,
streutest nur noch mehr des Salzes
in die Seelenwunde du...

Darauf begannen einige der Anwesenden, die mich kannten, nicht nur meine Dichtung zu loben, sondern auch mich selbst und meinen Lebenswandel. Was tat nun mein Freund, als er das hörte? Nun, es scheint, daß die Worte der andern seine Zunge lösten, so daß er das Geheimnis seines Innern preisgab, mich in alle Himmel hob, den Bruch unserer Freundschaft beklagte und zugleich seine eigene Schuld daran vor den Gefährten eingestand...

Als mir dieser Vorfall hinterbracht wurde,

tat mein Herz einen Sprung, denn nun erkannte ich, daß auch *er*, trotz Streit und Trennung, niemals aufgehört hatte, mich auch weiterhin liebzuhaben. Zum Zeichen der Versöhnung sandte ich ihm sogleich die folgenden Verse:

Mein Herz hat einst in dieser Welt
  keinem so wie dir gehört,
du aber hast das Freundesband,
  ach wie schnell und roh, zerstört!
Doch dies Herz erwartet dich
  heute noch wie eh:
komm nur, sieh, es hat dich lieb,
  heute mehr denn je…

Der Dichter incognito

Es war im gleichen Jahr, in dem der Schah von Charezm – Allah erbarme sich seiner – mit dem Mongolenherrscher von Chata Frieden geschlossen hatte. Ich befand mich damals in der Stadt Kaschghar im chinesischen Turkestan. Als ich nun eines Tages den Hof der dortigen Moschee betrat, fiel plötzlich mein Auge auf einen Knaben von vollendetem Ebenmaß und wunderbarer Schönheit. Ja, er war einer von den Auserwählten, derer der Dichter in den Versen gedacht hat:

Mit solchem Antlitz, solchem Wuchs
 und Gang,
traf ich nie bisher ein Menschenkind.
Wer so aussieht, ist ein wandelnder
 Gesang,
ist so geschaffen, wie nur Feen sind.

Kurzum – bei diesem Anblick stockte mein Schritt, und ich blieb stehen, verzaubert von diesem Meisterwerk des Schöpfers. Der Knabe hielt ein Buch in der Hand; und als ich genauer hinsah, erkannte ich, daß es die arabische Grammatik des Zamachschari war.

Mit halblauter Stimme las der Bub aus diesem Lehrbuch den Übungssatz in arabischer Sprache: «Zayd schlug den Amr, und Amr ist der Angreifende gewesen...»

«Ach, Knabe», scherzte ich da, «warum denn immer Krieg? Sogar Charezm und Chata haben doch Frieden geschlossen! Ist es da nötig, daß sich dieser Zayd und dieser Amr immerfort weiter verprügeln?»

Der Junge mußte über meine Worte lachen. Er musterte mich neugierig, und da ich ihm unbekannt war, fragte er mich, wo denn meine Heimat sei.

«Ich stamme aus Schiraz», gab ich ihm Auskunft.

«Wenn du von dort bist», rief er voll Eifer, «so ist ja der Dichter Saadi dein Landsmann! Sicher weißt du ein paar Verse von ihm auswendig, ist es nicht so?»

Aus dem Stegreif erwiderte ich in arabischer Sprache:

«O weh, mich quält ein Sprachgelehrter,
quält mich gar zu schlimm,
so wie Zayd auf Amr stürzt er
sich auf mich mit wildem Grimm...»

«Nein, nein, nicht so», begehrte mein kleiner Freund da auf, «das ist ja arabisch! Die Gedichte von Saadi, die man hier kennt, sind aber persisch... Sag mir also etwas in dieser Sprache; denn Persisch verstehe ich viel besser als Arabisch, und der Prophet selbst hat ja geboten: ‹Sprich mit den Leuten so, daß ihr Verstand es fassen kann!›...»

Ich gehorchte dem klugen Feenknaben mit Vergnügen und erfand sogleich für ihn die folgenden persischen Verse:

«Ach, für Grammatik nur
fühlst du wohl Leidenschaft
und stiehlst mir, Schlingel du,
all meine Geisteskraft!

Stellst heimlich Fallen auf,
dir Herzen zu gewinnen –
und schenkst doch Zayd und Amr nur
dein ganzes Sein und Sinnen...»

Damit verließ ich den Schönen.

Ich sollte ihm nicht wieder begegnen bis zum Morgen meiner Abreise aus der Stadt Kaschghar. Da, plötzlich, kam er gerannt, so rasch ihn nur seine Füße trugen, und rief mir voll Aufregung und noch ganz außer Atem entgegen: «Ich weiß es, ich habe es erfahren – du *selbst* bist der Dichter Saadi, ja, du bist es, man hat es mir gesagt!»

Darauf gab es nichts zu erwidern, und so lächelte ich denn meinem Feenknaben nur zu – dankbar dem Schicksal, daß sich unsere Wege noch einmal gekreuzt hatten. Er aber schien sehr betrübt und warf mir vor: «Warum nur hast du es mir verschwiegen? Warum hast du mir verheimlicht, daß *du* dieser Dichter bist, den ich so verehre? Ach! Wie gerne hätte ich dir meinen Dank gezeigt, wie gerne dich in unserer Stadt ständig begleitet und bedient... oh, hätte ich es doch bloß ein bißchen früher gewußt!»

Seine Schönheit entzückte und verwirrte mich, und ich sprach:

«In deiner Gegenwart
seh' ich nur dein Gesicht,
bist du bei mir,
gedenk' ich meiner nicht...»

«Wie wäre es denn», bat jetzt der Knabe, «könntest du nicht vielleicht deine Abreise verschieben? Wäre es dir nicht möglich, dich noch ein paar Tage hier bei uns auszuruhen und mir die Gunst zu erweisen, dir dienen zu dürfen?»

«Nein, mein Lieber», entgegnete ich, indem ich ihn zum Abschied küßte, «das geht leider nicht. Und weißt du, warum? Ich will es dir sagen – hör:

Einst floh ein großer Weiser
in die Berge,
damit er sich in einer Höhle
vor der Welt verberge.

‹Warum›, so sprach ich,
‹meidest du die Stadt,
dort werden Mund und Herz doch
eher satt?›
‹Dort›, rief er, ‹sind die Schönen,
und dir ist bekannt:
es strauchelt, wo viel Lehm ist,
selbst ein Elefant!›...»

Leila und Madschnun

Einem König der Araber hatte man die Geschichte des Beduinenjünglings Madschnun erzählt: wie er wahnsinnig geworden war aus übergroßer Liebe zu seiner Leila, und weil deren Vater sie einem anderen zur Frau gab – und wie er darauf Familie, Stamm und Menschenwelt verlassen hatte, in die Wüste geflohen war und dort ohne Hoffnung und ohne Furcht, im Herzen Liebeswahnsinn und auf den Lippen Liebesverse, unter den Tieren der Wildnis hauste, nackt und allein.

Diese Geschichte, als er sie hörte, bewegte des Königs Sinn und wühlte ihn auf. Ja, er mußte ihn sehen, diesen Madschnun, diesen großen Sänger und verrückten Liebhaber, er mußte ihn sehen und sprechen mit ihm! Also sandte er Leute aus, die den Jüngling suchten, einfingen und vor ihn brachten. Dann fing er an, ihn zu tadeln: «Wie konntest du nur so tief dich fallenlassen? Was haben die Menschen dir angetan, daß du sie und ihre Gesellschaft meidest? Daß du statt dessen mit den wilden Tieren lebst und fast selber schon zu ihresgleichen geworden bist? Sag, wie ist das denn möglich?»

Madschnun erwiderte:

«O könnten, die mich schelten,
Leilas Schönheit sehen,
so würden sie verzeihen
und verstehen...»

Richtig, so dachte der König, erst muß ich mir auch diese Frau einmal anschauen, deren Schönheit imstande ist, einen so klugen und tapferen Jüngling in einen solchen Tollkopf und Sklaven der Liebesleidenschaft zu verwandeln!

Der Herrscher gab Befehl, auch Leila müsse gefunden und ihm vorgeführt werden; und es dauerte nicht lange, so führten sie seine Männer in den Hof des Palastes. Wer war sie, die so verzweifelt Umworbene, in so glühenden Versen Besungene?

In höchster Erwartung gespannt, blickte der König der Fremden entgegen. Doch je länger und genauer er sie von Kopf bis Fuß betrachtete, um so enttäuschter war er! Eine Beduinin sah er – irgendeine, wie ihm schien: fast schwarz gebrannt von der Sonne, mager, ja, ausgezehrt durch die Mühsale und Entbehrungen des Nomadendaseins...

Nein, wie konnte nur ein so gewöhnliches, so unscheinbares Geschöpf Seele und Sinne eines Mannes betören?! Der König begriff es nicht. Er schaute, starrte und staunte. Ihm schien, daß noch die letzte Sklavin seines Harems dieses Mädchen der Wüste an Reiz und Schönheit übertreffe. Und war es nicht so? Täuschten ihn denn seine Augen?

Madschnun stand ganz in der Nähe. Wohl war er wahnsinnig, aber sein Wahnsinn war Hellsicht. So las er denn die Gedanken des Königs, noch ehe jener sie geäußert hatte, und er sprach:

«Für Leilas Schönheit bist du blind –
was tun?
Du mußt sie sehen mit den Augen
von Madschnun...»

Sechste Pforte

VON SCHWÄCHE UND ALTER

Der Tod des alten Persers

Eines Tages saß ich in der Freitagsmoschee zu Damaskus und disputierte dort mit etlichen Gelehrten, als mit einemmal ein Jüngling erschien, zu uns trat und fragte: «Versteht vielleicht einer von euch Persisch?»

Meine arabischen Gefährten zeigten auf mich, den Perser, und ich erklärte: «Gewiß – doch wozu?»

«Weil», antwortete mir der Jüngling, «hier in der Nachbarschaft ein uralter Mann, der wohl hundertfünfzig Jahre zählen mag, in den letzten Zügen liegt. Sein Geist scheint zwar noch immer wach zu sein, und er redet. Nur eben – *wir* können ihn nicht verstehen! Er ist nämlich ein Perser. Sein Arabisch hat er offenbar vergessen und spricht nun nur in seiner Muttersprache. Er wird sein Vermächtnis kundtun wollen; und wenn du die Güte hättest, ihn aufzusuchen und anzuhören, so wäre das sicher eine gottgefällige und menschenfreundliche Tat...»

Ich erhob mich und folgte dem Boten. Als ich ans Sterbelager des Alten trat, sprach dieser:

«Ach, daß ich sterben muß
und habe doch
von des Lebens Regenbogen
kaum gekostet noch...»

Ich übersetzte diese Verse für die Anwesenden ins Arabische, und sie alle staunten, daß der alte Mann nach einem so langen Leben noch immer so zäh an diesem Dasein hing.

«Wie fühlst du dich denn so?» fragte ich dann den Greis, und er gab mir zur Antwort: «Nun, wie wohl?! Wie fühlst denn *du* dich, wenn man dir einen Zahn ausreißt? Daran kannst du ermessen, wie einer sich fühlt, dem die ganze Seele aus dem Leib gerissen wird!»

«Nicht doch», beschwichtigte ich ihn, «der Tod droht dir nur in deiner Einbildung. Entferne diesen Gedanken aus deinem Kopf und vergiß nicht das Philosophenwort: ‹Wie gesund einer auch sei, so sichert das doch nicht sein Dasein; und wie krank jemand auch sein mag – sein Tod steht doch niemals fest...› Wenn du gestattest, will ich einen Arzt rufen, damit er dir Erleichterung und Hilfe bringt!»

Da aber lachte der Alte und sprach:

«Wenn Lebenskraft und Lebenslicht
dir schwinden,
kannst du für solches Leiden
keinen Arzt mehr finden...»

Der Greis als Ehemann

Ein Greis hatte ein junges Mädchen geheiratet. Er hatte Auge und Herz an die Schöne verloren, und so tat er denn, was nur immer in seinen Kräften stand, um ihr zu gefallen und ihre Zuneigung zu gewinnen. Ach, was ersann und unternahm er nicht alles um ihretwillen! Er bediente die junge Dame von früh bis spät und war unablässig um ihr Wohlbefinden und ihre gute Laune besorgt. Er überhäufte sie mit Geschenken, las ihr die Wünsche von den Augen ab und umgab sie mit Blumen, Wohlgerüchen und Kostbarkeiten. Ja, Nächte hindurch blieb er wach, trieb Possen und erzählte Geschichtchen hernach; denn sein Ziel war, sie zu verwöhnen und sie damit an sich zu gewöhnen... Und dafür war ihm keine Mühe zu groß.

Eines Nachts sprach der Alte zu seiner hübschen Gattin: «Dir war fürwahr das Schicksal gewogen, und dich hat das Glück nicht wie andre betrogen! Denn, sieh, einem Gemahl hat es dich zugesellt, dem dich zu umsorgen wie nichts sonst gefällt, der zudem die Reife des Alters besitzt, der weise ist und in allem gewitzt, der das Leben kennt und die Leute, die Welt von gestern und heute, der gütig ist und verständig, auch liebevoll und beständig; und der zu dir sagt:

> Schenkst du dein Herz mir nur,
> magst du mich straflos quälen,
> magst wie der Papagei den Zucker:
> mein Leben dir zur Speise wählen...

Wärest du aber in eines Jünglings Hände gefallen, so hielte dich Unheil nun fest in den Krallen! Denn, glaub mir, junge Männer sind hitzig, sind unbesonnen, frech und vorwitzig. Jeden Augenblick braust ihre Sinnenlust auf, und sie ändern täglich ihres Daseins Lauf. Darum sei klug und vergiß nicht meine Worte:

Mag auch der Jüngling
dein Gemüt betören:
treu ist er nicht
und wird dir nicht gehören.
Erwarte Treue nicht
von Nachtigallen,
denn immer neuen Rosen
will ihr Lied gefallen…

Wir Alten jedoch sind von all dem das Gegenteil! Denn wir lassen uns von der Verständigkeit leiten und nicht von der Leidenschaft blindlings reiten; und darum, meine Teure:

Älter sei als du
und klüger dein Gemahl –
denn suchst du deinesgleichen,
so reut dich bald die Wahl…»

Solche und ähnliche Worte und Verse sprach der Greis in seinem Eifer noch viele. Die junge Frau hörte ihm zu; und schon hoffte ihr Gatte, er habe erreicht sein Verlangen und ihr Herz mit Klugheit gefangen – als sie plötzlich aufseufzte aus tiefster Seele und ausrief: «Alles, was du da sagst, das mag ja sehr schön und sehr weise sein, und doch wiegt es nicht diese paar Worte auf, die ich einst von meiner Amme gehört habe: ‹Gewinnt ein Greis ein junges Weib, wär' ihr wohler mit einem Pfeil im Leib›...»

Es kam, wie es kommen mußte. Am Ende wurde diese Ehe geschieden, und man verheiratete die Frau zum zweitenmal, und jetzt mit einem Jüngling. Nicht nur dem Alter nach bildete dieser das Gegenteil zu ihrem ersten Gatten: er war auch von heftiger und galliger Gemütsart, war geizig, übellaunig, grob und hart. Nein, diesmal wurde die Frau nicht mit Geschenken und Schmeichelreden verwöhnt, sondern an Schimpfen und Strafen und Schläge gewöhnt... Doch, o Wunder! Statt zu bereuen und zu klagen, ertrug sie mit Genuß alle

Plagen. Ja, noch weiter ging sie, und jeder, der sie kannte, hörte sie sagen: «Preis und Dank sei Allah, daß er mich erlöste von jener Stätte der Qual, und mir Wohnung gab in diesem Freudental; denn:

Besser schmeckt mit dir
mir Höllenpein,
als mit jenem Alten
Paradieseswein.
Ein Mann mag eine Frau
mit vielem schmücken:
fehlt ihm die Manneskraft,
kann er sie nicht beglücken!»

Vater und Sohn

Eines Nachts weilte ich als Gast im Hause eines alten Mannes in Diarbakr am Ufer des Tigris. Der Greis, so schien es mir, hatte allen Grund, mit Gott und der Welt zufrieden zu sein. Was hätte er sich in diesem Leben noch wünschen können? Er besaß nicht nur Ansehen und Reichtum in Überfülle, sondern auch einen Sohn von schönem Wuchs und gewinnendem Wesen. Voll Stolz zeigte er mir diesen Jüngling und erzählte: «Er ist mein einziger Nachkomme, mußt du wissen! Lange Zeit habe ich gefürchtet, es sei mein Schicksal, einst kinderlos aus diesem Dasein zu scheiden. Aber dann ist ein Wunder geschehen. Es gibt in diesem Wadi einen Baum, der dort seit Urzeiten steht. Die Leute halten ihn für heilig, und sie pilgern zu jener Stätte, um dort um Erfüllung ihrer Wünsche zu flehen. Ja, ja! Auch ich habe so viele lange und schlaflose Nächte am Stamme jenes Baumes zugebracht und aus meinem Herzensgrund zu Allah um einen Sohn gebetet – und, sieh, am Ende hat er meine Bitte erhört!»

So sprach der Alte. Zu seinem Glück war er schon etwas taub, und so konnte er nicht verstehen, was in diesem Augenblick sein Sohn einem seiner Gefährten zuflüsterte. Meine eigenen Ohren aber waren noch schärfer; und wenn ich auch damals die Worte, die sie auffingen, dem Greis barmherzig verschwieg, so will ich sie jetzt doch verraten.

«Wüßte ich doch», so sprach der Jüngling, «wo dieser Wunderbaum steht! Ich würde hingehen und darum beten, daß dieser Alte endlich die Erde verläßt, und ich befreit von ihm bin...»

Es freut der Greis sich
an dem klugen Sohn,

der ihn für kindisch hält
mit bitterm Hohn.
Warst du selbst zu deinem Vater
denn so gut,
daß du erwartest, daß dein Sohn
dir Gutes tut?

Verlorene Jugend

Zu meinem Freundeskreis hatte einst ein Jüngling gehört, der mit seiner Fröhlichkeit jeden entzückte und durch sein Glück uns alle beglückte. Ihn nur anzusehen, war ein Genuß, und ihm zu lauschen, verscheuchte Verdruß. Ja, was Kummer ist, wußte er nicht, und das Strahlen des Lächelns verließ nie sein Gesicht...

Aber wie es in diesem Leben so geht: ich verlor schließlich unseren Sonnenstrahl aus den Augen, wenn auch nicht aus dem Sinn – und als sich unsere Wege dann endlich wieder kreuzten, waren wir beide inzwischen viel älter geworden.

Nur älter? Ach nein, auch anders! Es war, als hätten die Jahre meinen Freund in ein neues, mir fremdes Wesen verwandelt, das mit dem Bild meiner Erinnerung nur noch den Namen gemeinsam hatte. Was war denn geschehen? Nicht viel, wie es schien. Er hatte geheiratet, war Ehemann und Vater geworden. Aber bis zur Wurzel verdorrt war die Frohnatur, von der Blume blieb ein Dufthauch in Träumen nur...

«Was treibst du denn, und wie geht es dir?» fragte ich ihn so heiter, wie es mir möglich war. Doch er mußte gespürt haben, was ich bei mir selber dachte; denn er gab mir zur Antwort: «Man muß das Kind in sich begraben, will man selber Kinder haben! Denke du an die Verse:

Färbt schon das Alter dein Haar,
sei nicht wie der Knabe gesonnen –
auch wer einst der Liebling der Zeit war,
ist nicht ihren Fallen entronnen...»

Mütter

Voll Jugendtorheit bin ich einst in Zorn und Ärger gegen meine Mutter aufgebraust und habe sie mit harten Worten verletzt. Da hat sie sich von mir abgewandt, sich in einen Winkel gesetzt und unter Tränen zu mir gesagt: «Du hast jetzt vergessen, wie klein du einmal gewesen bist! Aber weißt du denn nicht, daß eine Mutter das niemals vergessen kann? Mag ein Mann so groß sein wie ein Elefant, und mag er Panther bezwingen mit bloßer Hand – was ändert das schon für seine Mutter?

Seine Mutter sieht im Helden,
so stark und so groß,

doch immer den Kleinen –
er lag ihr im Schoß…
Hättest du, mein Löwensohn,
daran gedacht,
hättest du mich nicht
mit hartem Wort bedacht!»

Koran oder Almosen?

Ein Alter, der ebenso reich wie geizig war, hatte einen kranken Sohn. Als sich der Zustand des Jünglings nicht bessern wollte, rieten wohlmeinende Freunde dem Vater: «Es muß etwas geschehen! Vielleicht hilft es, wenn du um seinetwillen den ganzen Koran einmal durchliesest; oder aber, wenn du ein Opfertier schlachten lässest und das Fleisch unter die Armen verteilst – wer weiß, ob dann Allah nicht ein Einsehen hat und deinem Jungen Gesundheit schenkt?»

Der Geizhals dachte über diesen Vorschlag nach und erwiderte schließlich: «Dann ist es wohl besser, wir lesen den Koran, denn der liegt im Haus, doch weit ist der Weg zur Herde hinaus – und das Nahe ist doch dem Fernen vorzuziehen!»

«Nun ja», sprach da ein beherzter Mann, «es war zu erwarten, daß er so wähle; denn der Koran sitzt ihm nur auf der Zunge, das Geld inmitten der Seele:

Weil es nichts kostet,
beugt er zum Gebet den Rücken,
doch seine Börse will er niemals zücken;
wirfst du ein Goldstück in den Schmutz,
wird er sich bücken,
verlangst du ein Almosen:
schnell sich drücken!»

Der kluge Hagestolz

Eines Tages fragte man einen alten und begüterten Hagestolz: «Warum eigentlich heiratest du nicht?»

«Nun», gab er zur Antwort, «ich habe keinen Spaß an alten Weibern.»

«So nimm dir doch eine Junge», rieten ihm die Leute, «du bist ja doch reich genug und kannst leicht eine finden!»

«Und wäre das vielleicht weise?» entgegnete ihnen der Hagestolz. «Überlegt es euch doch! Ich selbst, der ich ein Greis bin, habe für Greisinnen nichts übrig. Wie könnte ich da wohl erwarten, daß ein junges Mädchen an meiner Gesellschaft Vergnügen fände und mir Liebe und Zärtlichkeit spende? Nein, für mich gelten die Verse:

Liebhaber willst du sein
mit siebzig Jahren?
Las einer den Koran mit Augen,
die erblindet waren?
Was hilft das viele Geld
den schönen Damen,
besitzt der Gatte nur das Gold
und keinen Samen?»

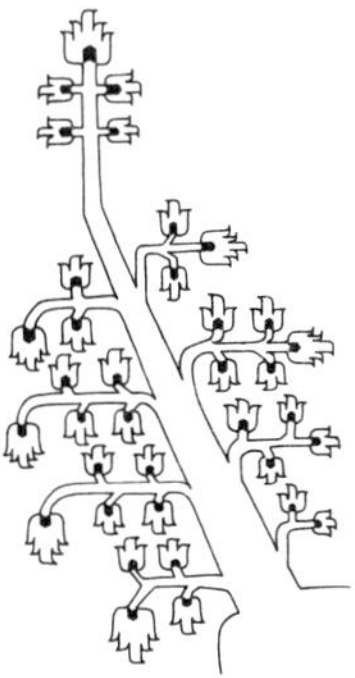

Siebente Pforte

ÜBER WESEN UND WIRKEN DER ERZIEHUNG

Dummheit ist unheilbar

Ein Wazir hatte einen Dummkopf zum Sohn. Nun gibt es ja gegen dieses Leiden kein Heilmittel – aber das wollte der Minister nicht einsehen. Er sandte also seinen Sprößling zu einem Gelehrten mit der Bitte: «Erziehe und bilde ihn! Es könnte ja sein, daß er zuletzt doch noch gescheit wird...»

An mir soll es jedenfalls nicht fehlen, dachte jener Meister der Wissenschaften, und er tat alles, was in seiner Macht stand, um den Geist des Knaben zu wecken. Doch umsonst waren sein Eifer und seine Mühe, und aus dem Schwachkopf wurde kein Hellkopf. Der Sohn des Wazirs blieb so dumm, wie er es von Anfang an gewesen war.

Endlich verzweifelte der Erzieher, und

er schickte den Jüngling dessen Vater zurück mit der Botschaft: «Zwar habe *ich* seinen Verstand nicht angefacht, doch hat dafür *er* mich um den meinen gebracht!»

Wo kein Geist ist,
kann kein Geist erwachen –
kein Erzieher wandelt je
den Geistesschwachen.
Pilgert auch nach Mekka
Jesu Esel:
er bleibt doch immer, was er war:
ein Esel.

Vom Erben und Können

Ein Mann von hohem Rang, der ebenso klug und gebildet wie reich und mächtig war, versammelte eines Tages seine Söhne um sich und hielt ihnen die folgende Rede: «Ihr, meine Kinder, seid mir lieber als das eigene Leben, und so mögt ihr denn meinen Rat annehmen und meine Worte nie wieder vergessen! Überlegt erst gut, wählt euch dann irgendeine Kunst, erlernt sie und bringt es in ihr zur Meisterschaft. Denn, seht! Auf nichts sonst in dieser Welt kann man bauen, und weder Rang noch Vermögen verdienen Vertrauen. Wie sollten sie auch? Was immer ihr an Silber und Gold besitzt – es kann euch während einer Reise verlorengehen, oder ein Dieb stiehlt es euch, oder ihr vertut und verschwendet es selbst... Aber eine Kunst, die ihr durch und durch beherrscht: das ist ein Quell, der niemals versiegt, und ein Hort, der immerdar gleichviel wiegt! Mag auch ein solcher Könner alles einbüßen, was er an Hab und Gut, an Haus und Grund sonst besitzt – so werden ihn doch der Verlust und der Gram darüber nicht umbringen, denn sein Talent wird ihm das Verlorene von neuem erringen. Wie aber steht es um den anderen, den Nichtskönner? Nun, ob er viel oder wenig hat, er kann nur immer verlieren! Schnell oder langsam wird er all das einbüßen, was ihm seine Vorfahren als Erbe hinterlassen haben. Darum, o meine Söhne, denkt daran und erinnert euch stets dieser Verse:

Wer selbst befohlen hat,
erträgt die Knechtschaft schwer –
wer Zärtlichkeit genossen hat,
den schmerzt die Peitsche mehr.
Es mag der kluge Bauernsohn
bei Hof Minister werden,

und des Ministers dummer Sohn
weidet dann die Herden.
Willst du deines Vaters Erbe,
mußt du seiner würdig sein:
nur was du selber schaffen kannst,
das ist in Wahrheit dein!»

Der Lehrer des Prinzen

Ein Padeschah hatte die Erziehung seines Sohnes einem Großen des Geistes anvertraut. Aber dieser vortreffliche Mann schien vor dem Rang des Prinzen nicht die mindeste Achtung zu verspüren. Ja, im Gegenteil! Nie hatte er sich gegen einen seiner anderen Zöglinge so schonungslos betragen, nie einen häufiger getadelt und härter geschlagen.

Eine Weile ertrug dies der Königssohn. Aber schließlich glaubte er diese Behandlung nicht mehr länger aushalten zu können, suchte seinen Vater auf, zeigte diesem die Spuren der Schläge auf seinem Körper, erzählte ihm die Geschichte seiner Leiden und beklagte sich bitterlich.

Was er da sah und hörte, griff dem Padeschah ans Herz. Obwohl er seinem Sohn nichts davon sagte, ergrimmte er innerlich, ließ jenen Meister rufen und sprach zu ihm unter vier Augen: «Ich habe erfahren, mit welch unnachsichtiger Strenge du meinen Sohn behandelst. Das aber scheint mir nicht gerecht, denn mit anderen Schülern, den Kindern meiner Untertanen, bist du ja viel milder und nachsichtiger, nicht wahr? Warum also die Ausnahme? Was bewegt dich zu solchem Tun? Wie kannst du mir das erklären?»

Da erwiderte der Lehrer: «Es ist zwar richtig, daß gewisse Grundregeln für *alle* Menschen gelten. Sie alle sollten erst reden, nachdem sie vorher ihre Worte gut bedacht haben, und sie alle sollten darnach streben, daß ihre Taten solcher Überlegung und Rede gemäß seien... Aber dennoch! Für Fürsten gilt dies noch in einem höheren und weiteren Sinne, und darum mehr als für alle anderen. Denn was der Schah sagt und tut, das sagt und tut er nicht als ein Einzelner, das ist hörbar und sichtbar und spürbar für jedermann, und es findet seinen Weg durch jede Wand und in jeden Winkel – während doch die Aussprüche und Handlungen der einfachen Leute sehr viel geringere Folgen haben; wie es ja heißt:

Der kleine Mann
mag hundert Mängel haben:
es bleiben neunundneunzig
vor der Welt vergraben.
Doch spricht der Schah
ein unbedachtes Wort:
fliegt es von Mund zu Mund,
reist es von Ort zu Ort!

Weil dem aber so ist, muß ein Lehrer von Königskindern von diesen – und auch von sich selbst – sehr viel mehr verlangen, als ein Erzieher von gewöhnlichen Sterblichen das zu tun gewohnt ist. Und er darf damit auch nicht zuwarten, weil jeder Augenblick, den er ungenützt verstreichen läßt, eine vergeudete Gelegenheit ist, die vielleicht niemals wiederkehrt; denn:

Was du beizeiten nicht
als Kind gelehrt,
bleibt, wenn du groß bist,
dir erst recht verwehrt!
Es läßt der grüne Zweig
sich noch gerade biegen;
doch ist er dürr, kann ihn
nur Feuer noch besiegen.
Läßt es dein Lehrer
an der Strenge fehlen:
wird dich statt seiner einst
das Schicksal quälen...»

So sprach der Meister. Dem Padeschah gefiel seine Antwort. Er gab ihm recht, beschenkte ihn reich und erhöhte seinen Rang.

Schöpfer und Schöpfung

Ein Sufimeister sprach einst zu einem seiner Novizen: «O mein Sohn, würde es dem Menschen gelingen, *so* sehr am Schöpfer aller Dinge zu hängen, wie er an diesen Dingen *selbst* hängt, so wäre er wahrlich vollkommener, als die Engel sind, und sein Rang wäre höher als der ihre...»

Gott gab dir alles,
was du hast und bist –
so fürchte nicht, daß er
dich je vergißt.

Herkunft und Verdienst

Einst hörte ich, wie ein Beduine seinen Knaben ermahnte und zu ihm sprach: «Denke daran, mein Sohn, daß du am Tag der Auferstehung befragt werden wirst! Aber dort wird man dich nicht fragen: willst du uns deinen Stammbaum und Vater sagen? Sondern: wie ist dein innerstes Wesen, und welches sind deine Taten gewesen?»

Nicht der Seidenraupe
gilt der Gläubigen Kuß
auf der Kaaba Seidengewand –
nicht *ihr* der Betenden Gruß.

Reife

Als ich noch ein Knabe war, fragte ich einst einen Erwachsenen nach der Bedeutung des Wortes «Reife». Er gab mir zur Antwort: «Das ist nicht so leicht zu sagen, und die Bücher erklären das auf verschiedene Weise. Ein Mann – so heißt es gewöhnlich – sei reif mit fünfzehn Jahren, nach Einsetzen des Samenergusses und dem Sprießen der Schamhaare. Klingt das nicht sehr einfach? Aber, sieh, mit solchen Kennzeichen beschreibt man ja nur die Schale der Wahrheit, und nicht ihren Kern. Für uns Menschen bedeutet «Reife» noch ganz anderes und viel *mehr*. Aber was? Ich glaube, daß man sagen kann: reif ist jemand, der die natürliche Bindung an seine Sinnenlust umgewandelt hat in eine Verbindung mit Gott, und der in jedem Fall *diese* über *jene* stellt... Für wen das nicht zutrifft, den halten die Wissenden für noch nicht reif – wie alt, erfahren und mannbar er auch immer sonst sein mag. Es gibt darüber auch diese Verse:

Aus einem Samentropfen
wächst im Mutterleib
das Kind heran und wird
zu Mann und Weib.
Doch bist du damit, daß
dich eine Frau geboren,
noch lange nicht,
ein Mensch zu sein, erkoren!
Ein Mensch ist *der* nicht,
der gewinnt die Welt –
ein Mensch ist, wer ein Herz
gewinnt und hält...»

Gefährliches Spiel

Ein Inder hatte die Kunst erlernt, brennendes Naphtha zu schleudern, und er übte sich eifrig darin. Das sah ein Weiser und sprach zu ihm: «In Hindustan sind doch die Häuser aus Schilfrohr, wie man mir erzählt – und so hast du denn, fürwahr, ein gefährliches Spielzeug gewählt!» Verstehst du den Sinn dieser Worte? So denke an die Verse:

Du sollst ein Wort, ist ungewiß sein Ziel,
nicht sagen –
und weißt du, daß die Antwort ungut,
niemals fragen!

Grabspruch

Der Sohn eines Großen dieser Welt war gestorben. Man fragte den Vater: «Welche Inschrift soll seine Grabplatte tragen?»

Der Alte erwiderte: «Die Verse des erhabenen Koran sind zu edel und majestätisch, als daß man sie an Stätten anbringen dürfte, wo die Zeitläufte sie verwischen, die Füße von Menschen sie treten und der Hunde Kot sie befleckt... Wenn man also überhaupt etwas schreiben soll, so genügen diese Verse:

Ach, wie sehr hat mein Herz
das Grün der Gärten genossen,
eh mir der Tod
das Tor des Lebens verschlossen!
Zih hin im Frieden, mein Freund,
und kehre zurück,
wenn meinen Staub der Frühling
verwandelt in grünendes Glück...»

Die zwei Gräber

Einst habe ich auf einem Friedhof ein Streitgespräch zwischen zwei Jünglingen belauscht. Beide saßen sie dort auf den Gräbern ihrer Väter, von denen das erste eine Stätte voll Pomp und Prunk war, das zweite jedoch ein armseliges und unscheinbares Plätzchen.

«So sieh doch nur», rief der Sohn des Reichen, «wie prächtig ist diese Felskuppel, unter der mein Vater hier ruht! Aus weißem Marmor ist seine Grabplatte, und wie fein und kunstvoll prangt darauf die Inschrift, eingefaßt von Türkissteinen der edelsten Art... Was aber ist daneben das Grab *deines* Vaters? Wie sieht es aus? Ein paar Ziegelsteine, und ein Häufchen Erde dazwischen – das ist auch schon alles!»

Der Sohn des Derwischs hatte sich diese Rede ruhig angehört. Jetzt aber sagte er: «Bis sich *dein* Vater unter allen diesen schweren Steinen nur umdrehen kann, ist der *meine* schon lange im Paradies angelangt! Heißt es ja doch:

Vom Sterben des Armen
ist das des Reichen verschieden:
wie schwer fällt diesem das Scheiden,
und jenem gibt es den Frieden...»

Dein größter Feind

Ich habe einst einen großen Mann gefragt: «Was, glaubst du, ist der Sinn dieses uns vom Propheten überlieferten Ausspruches: ‹Von allen deinen Feinden ist der größte die Gier deiner eigenen Seele›...?»

Er gab mir zur Antwort: «Der Sinn dieses Wortes liegt darin, daß gewöhnliche Feinde zu Freunden werden, wenn du ihnen ihr Böses mit Gutem vergiltst. Wenn du aber gut bist zur Gier in deiner eigenen Seele, und wenn du diesem Feind in deinem Inneren nachgibst, so wird er dir diese Freundschaft mit nur immer größerer Feindschaft vergelten...»

Es hat, wer weniges begehrt,
sich den Engeln zugekehrt.
Doch dem Tod entgegen fällt,
wer dem Raubtier Gier verfällt.

Achte Pforte

APHORISMEN ÜBER DIE RECHTE LEBENSART

Geld und Gut sollen dazu dienen, das Leben zu erleichtern – nicht aber leben wir, um zu raffen und zu scheffeln. Als ein kluger Kopf einst gefragt wurde: «Glücklich ist wer, und Unglück rührt woher?» – da erwiderte er:

«Glücklich, wer da sät und ißt;
Unglück hat, wer häuft und mißt,
nicht genießt und endlich stirbt,
reich und ungelebt verdirbt...»

*

Moses, über dem das Heil sei, gab dem reichen Qarun den Rat: «Stifte du Gutes, so wie Gott *dir* Gutes getan hat!»

Aber der Geizhals hörte nicht auf den Propheten, und sein Ende war, wie du wohl weißt, kein glückliches – er wurde vom Abgrund verschlungen:

Willst du dich der Schätze dieser Welt
erfreuen,
so schenke, Allah gleich, und ohne zu
bereuen!

Die Araber sagen: «Sei großherzig im Verschenken, denn was du anderen spendest an Glück, das kehrt mit Gewinn zu dir selber zurück!» Darum vergiß nicht:

Den Baum der Großmut, laß ihn
Wurzeln schlagen,
und himmelhoch wird seine Krone ragen.

Dienst du dem größten Sultan,
hat nicht *er* zu danken –
du bist es, der beschenkt wird,
ohne Maß und Schranken!

*

Zwei Arten von Menschen gibt es, die sich umsonst gequält und abgemüht haben: diejenigen, welche Reichtum erwarben und dennoch darben; und jene, die Wissen errangen und nichts damit anfangen:

Wer sich der Wissenschaft verschrieben
und handelt nicht als Wissender,
 ist dumm geblieben.
Von einem Esel,
 der mit Büchern schwer behangen,
kannst du nicht Weisheit,
 und Erkenntnis nicht, verlangen.

*

Die Wissenschaft ist dafür da, die Gläubigkeit zu nähren, und nicht, um in dieser Welt Macht und Besitz zu mehren:

Wer mit Glauben und mit Wissen
 schachert, treibt Verrat,
verbrennt das Korn,
 das er zuvor geerntet hat.

Ein ungläubiger Gelehrter ist wie ein Blinder, der eine Fackel trägt: er will seinen Mitmenschen Leuchte sein auf einem Weg, den er doch selbst verloren hat.

*

Ein Reich gewinnt Schönheit durch seine Weisen, und ein Glaube erlangt Vollkommenheit durch jene, die leben, was sie glauben. Daher bedürfen die Könige der weisen Ratschläge mehr als die Weisen der königlichen Gunst:

O Padeschah, so hör denn meinen Rat,
weil niemand einen bessern für dich hat:
jene sollst du zu befehlen heißen,
die niemals sich um Macht
und Ämter reißen!

*

Dreierlei Dinge können nie von Dauer sein: Reichtum ohne Wirken, Wissenschaft ohne Disput, Herrschaft ohne Ordnung.

*

Wer sich der Schlechten erbarmt, tut den Guten Unrecht an, und wer den Gewalttätern verzeiht, ist ein Bedrücker der Armen:

Verträgst du dich mit Schuften
und schmeichelst ihnen gar,
trägst du auch ihre Schulden
und trittst in ihre Schar.

*

Auf die Freundschaft der Könige darf man nicht bauen, und nicht dem Wohllaut von Liebchens Stimme vertrauen; denn jene welkt so jäh wie sie wuchs, und dieser schleicht davon über Nacht wie ein Fuchs:

Hängst du dein Herz an den,
dem tausend Herzen schlagen,
so sei bereit, auch Schmerz
und Trennung zu ertragen.

*

Erzähle deinem Freund nicht jedes Geheimnis; denn weißt du, ob er nicht eines Tages dein Feind sein wird? Und umgekehrt sollst du auch deinem Feind nicht jeden Schaden zufügen, zu dem du imstande wärest, weil du doch stets bedenken mußt, daß er später einst dein Freund werden könnte. Sage die Dinge, die du verborgen halten willst, niemandem – auch nicht dem Menschen, den du am meisten liebst –; denn dein Vertrauter kennt vielleicht andere Menschen, denen er ebenso vertraut wie du ihm:

Gib dich nie so ganz auch in des
  Liebsten Hand:
ein Wort, einmal gesprochen,
  frißt weiter wie ein Brand!

*

Sei auf der Hut vor dem schwachen Feind, der Unterwürfigkeit zeigt und Freundschaft heuchelt; denn er will hinter dieser Maske zu einem mächtigen Gegner heranwachsen. Mit Recht ist gesagt worden: «Da schon auf die Freundschaft der Freunde kein Verlaß ist – wie dann erst auf die Schmeichelreden der Feinde?» Und wer seinen Feind nicht ernst nimmt, nur darum, weil dieser noch klein ist, der gleicht einem Mann, der einem Feuerchen zusieht, bis es zur Feuersbrunst wird. Darum:

Kann dein Geschoß im Augenblick den
  Feind vernichten,
so laß ihm keine Zeit,
  den Pfeil auf dich zu richten!

*

Hast du mit zwei Menschen zu tun, die untereinander verfeindet sind, so rede und handle auf eine Weise, daß du auch dann keinen Grund hast, dich zu schämen, wenn die beiden später ihre Feindschaft begraben und Freunde werden sollten:

Wer in der Mitte steht,
  wenn zwei sich schlagen,
soll nicht noch Brennholz auf die
  Flammen tragen!
Denn wer das tut,
  dem wird mit Recht zuteil

am Tag des Friedens doppelt Schmach
statt Heil.
Wer zwischen andern Feindschaft sät
und Streit,
verbrennt sich selbst und handelt nie
gescheit.

*

Wer darnach strebt, mit seinen Feinden Frieden zu schließen, der muß damit rechnen, seine bisherigen Freunde zu verletzen:

Der ist nicht klug,
der dessen Freundschaft sucht,
der seiner Feinde Freund zu sein
versucht!

*

Bist du im Zwiespalt, welchen Weg du einschlagen sollst, um zu einem Ziel zu gelangen, so wähle jenen, der weniger Pein verursacht.

*

Kannst du mit Gold den Sieg erringen, wozu dann dein Leben in Gefahren bringen? Gedenke des arabischen Sprichwortes: Das Schwert ist das letzte aller Mittel.

*

Sich der Schwäche des Feindes zu erbarmen, ist falsch; denn derselbe Feind wird, mächtig geworden, dich auch nicht verschonen.

*

Wer einen Schlechten vernichtet, befreit die Menschen von einem Übel und bewahrt ihn selbst vor der göttlichen Vergeltung:

Zwar ist Verzeihen sicher lobenswert,
doch einem Menschenschinder wohltun,
 ist verkehrt.
Wer die Schlange schont und ihr das
 Gift verzeiht,
der ist ein Feind von Mensch und
 Menschlichkeit.

*

Dem Ratschlag eines Feindes folgen, ist falsch; wohl aber kann es nichts schaden, ihn anzuhören, um nachher das Gegenteil dessen zu tun, was er geraten hat – denn dies wird genau das Richtige sein.

*

Zorn, der kein Maß kennt, schreckt ab; und Güte zur unrechten Zeit weckt Verachtung. Sei deshalb nicht so hart, daß man dich meidet, und auch nicht so mild, daß man sich erfrecht wider dich:

«O du Weiser»,
sprach ein Hirt zu seinem Vater,
«gib mir ein kluges Wort,
sei mein Berater!»
Zur Antwort gab der Alte:
«Sei voll Edelmut und Güte,
doch vergiß die Härte nicht,
damit der Wolf sich vor dir hüte!»

*

Zwei Feinde haben Reich und Glauben: den Herrscher, der nicht mild sein kann – und den frommen, aber dummen Mann.

*

Ein Padeschah sollte sich in seinem Zorn gegen die Feinde nie so weit gehenlassen, daß auch seine Freunde ihn zu fürchten beginnen und das Vertrauen zu ihm verlieren. Man darf zudem nicht vergessen, daß das Feuer des Zornes immer zuerst den Erzürnten ergreift und versengt; und dann erst mögen die Flammen auf *den* übergreifen, dem sie gelten. Es ist aber auch möglich, daß sie ihr Ziel verfehlen.

*

Wenn auch der Mensch von schlechter
Art sein Unheil sieht,
wenn er durch alle Himmel vor sich
selber flieht:
er wird dem Schicksal, das er selbst ist,
nicht entgehen,
nichts Gutes wird aus Schlechtem je
entstehen.

*

Bekämpfe die Schlange mit der Hand deines Feindes! So oder so mußt du gewinnen:

entweder räumt dir der Feind die Schlange aus dem Weg, oder die Schlange befreit dich vom Feind.

*

Eine Neuigkeit, von der du weißt, daß sie das Herz verwundet, sollst du verschweigen und einen anderen erzählen lassen:

O Nachtigall, an dir ist es,
das Glück des Frühlings zu verkünden –
laß du die Eule Botin sein
des Unheils und der Sünden!

*

Wenn du einen Herrschenden über jemandes Verrat aufklären willst, so mußt du Gewißheit haben, daß man dir Glauben schenkt; denn andernfalls bereitest du dir selbst den Untergang:

Du sollst erst sprechen, und nur dann,
wenn dein Wort sein Ziel auch
treffen kann.

*

Wer immer einen Tyrannen beraten möchte, hätte selbst einen Ratgeber nötig.

*

Laß dich nicht täuschen vom Feind und nicht blenden vom Lobredner! Denn jener will die Falle der Hinterlist benützen, und dieser ist voll Gier, deine Eitelkeit auszunützen. Nur Toren verfallen dem Schönredner:

Wer dich um Gewinnes willen
heute noch lobpreist,
ist einer, der dich morgen schon
in tausend Stücke reißt.

*

Hast du den Tadler nicht vernommen, wird dein Wort auch nie vollkommen!

Eigenliebe und der Toren Lobgerede
sollen dich nicht glauben lassen,
daß vollendet deine Rede.

*

Jeder glaubt, sein Verstand sei unfehlbar,
und jeder hält sein Kind für wunderbar.

*

Ein Brot genügt, den Hunger
deines Bauchs zu stillen,
doch manches Auge wird nicht satt,
und wäre ihm die Welt zu Willen!
Es sprach mein Vater, eh er starb, zu mir:
«Sei auf der Hut vor dir und
deiner Sinne Gier,
denn schürst du dieses Feuer,
verbrennen seine Flammen
den eignen Herd, dich selbst,
dem sie entstammen...»

*

Was zustande kommt in Eile, dauert stets nur kurze Weile! In China, so erzählt man, kannst du Vasen finden, zu deren Herstellung ein Künstler vierzig Jahre benötigt. Auch in Persien, in Marw-Dascht, werden solche «chinesische Vasen» geschaffen – hundert davon an einem einzigen Tag. Willst du aber Bescheid wissen über Wert und Unwert, so vergleiche diese mit jenen!

*

Für den Unwissenden ist Schweigen von allen Dingen das beste. Aber wüßte er das, so wäre er ja nicht länger mehr unwissend.

Es verrät dir seine Zunge
eines Menschen Nichtigkeit,
so wie sich die hohle Nuß
dir verrät durch Leichtigkeit.

*

Wer immer einem Klügeren widerspricht, um zu beweisen, wie klug er sei, offenbart damit seine Dummheit:

Hältst du für Irrtum auch,
was einer sagt –
greif ihn nicht an,
wenn er dich überragt!

*

Wer mit Schlechten
sich zusammentut,
weiß bald selbst nicht mehr,
was bös, was gut.
Wenn ein Engel
einem Dämon sich gesellt,
steigt nicht *dieser*,
sondern *jener* fällt.

*

In mancher Frau, ist sie verschleiert,
ahnt dir die Schönste aller Schönen,
und muß dein Auge, fällt der Schleier,
sich an ein altes Weib gewöhnen.

*

Wäre jeder Stein am Weg Rubin,
wäre alle Schönheit des Rubins dahin.

*

Nicht jeder, dessen Erscheinung durch Schönheit entzückt, ist schön auch inwendig. Eines Menschen Wesen wurzelt nicht *auf* seiner Haut, sondern *unter* ihr. Du magst zwar das Äußere eines anderen, auch seine Kenntnisse und Fähigkeiten, an einem einzigen Tage kennenlernen – aber glaube nur ja nie, damit ihn selbst schon zu kennen! Laß dich also nicht täuschen durch Voreiligkeit und fasse nicht zu früh Vertrauen; denn noch nach Jahren ständigen Umgangs kann dir das Finstere einer Seele verborgen geblieben sein.

*

Mit großen Herren streiten, heißt sich selbst den Tod bereiten.

Mit der Stirn willst du
nach Widders Hörnern zielen?
So wirst du rasch genug
den Kopf verspielen!

*

Nicht wird, wer weise ist, mit Löwen ringen, und nicht auf Schwerter mit der bloßen Faust eindringen!

*

Ein Schwacher, der sich wider einen Starken erkühnt, verschwört sich mit dem Feind zu seinem eigenen Untergang:

Ein Tor der Schwächling, der,
im Schatten aufgewachsen,
tollkühn meint, er sei
der Eisenhand gewachsen.

*

Hast du früher überschrien
allen guten Rat,
mußt du schweigend Tadel hören
nach der Missetat.

*

Der Anblick eines fähigen Kopfes ist ein Ärgernis für die Banausen. Diese gleichen ja den Gassenhunden, die, sooft sie einen Rassenhund wittern, ihn von weitem ankläffen, aber zu feige sind, um offen anzugreifen. Denn es ist das Kennzeichen der Gemeinen, daß sie den Höherstehenden, an den sie sonst nicht herankommen, mit ihrer Gehässigkeit verfolgen.

Mit Schmutz bewirft dich seine Zunge,
drehst du ihm den Rücken –
trifft ihn dein Auge, scheint er stumm
und wird sich schleunigst bücken!

*

Die Tyrannei des Bauches ist es, die dem Jäger die Vögel ins Netz treibt. Sonst gäbe es keine Fallen, und weder Jäger noch Gejagte. So aber sind beide, diese wie jene, durch das Gesetz des Bauches an dieselbe Kette geschmiedet.

*

Wer sich mit Frauen berät,
erntet Scherben,
und wer zu Schurken freigebig ist,
sät Verderben.

*

Wird ein Wissender unter Hohlköpfe verschlagen, so kann er nicht erwarten, daß sie ihm Ehrfurcht erweisen. Auch ist es weiter nicht erstaunlich, wenn:

Mit lautem Geschrei ein dummer Tropf
zum Verstummen bringt einen weisen
Kopf.

Denn zu grob ist der Stein, und die Perle zu fein!

Zwar mögen Krähen
überschreien Nachtigallen;
doch wird deshalb
ihr Krächzen uns gefallen?
Zwar mag ein Stein
den Goldpokal vernichten;
doch auf den Goldstaub wird man nicht
dem Fels zulieb verzichten.

*

Edel bleibt der Edelstein,
ist er auch in den Schlamm gefallen.
Doch schmutzig bleibt der Straße Staub,
und mag er auch zum Himmel wallen.

*

Einen Könner zu sehen, der keine Erziehung und Bildung genossen hat, ist ein Jammer. Aber wer keine Begabung besitzt, dem wird keine Bildung sie je ersetzen können, und alle Mühe seiner Erzieher ist umsonst. So hat zwar die Asche eine hohe Abstammung, da das Feuer sie gebar; aber ihr eigener Unwert setzt sie dem Staube gleich. Umgekehrt verdankt der Zucker seinen Wert nicht dem Rohr, aus dem er stammt, sondern trägt ihn im eigenen Wesen.

Nicht deinen Stamm:
dich selber will ich kennen;
will wissen, ob ich «Rose» dich
oder «Dorn» soll nennen.

*

Durch seinen Duft gibt sich der Moschus zu erkennen – und nicht durch die Anpreisung des Händlers.

*

Die Freundschaft, die ein Leben brauchte,
zu entstehen,
darf nicht im Unmut eines Augenblicks
verwehen.

*

Versklavt von der Sinnenlust ist der Verstand, so wie der Schwächling in des schlauen Weibchens Hand.

*

Intelligenz, der es an Kraft gebricht, führt zu Betrug und Betörung, und Kraft ohne Intelligenz zu Barbarei und Wahnwitz.

*

Ein Schwelger, der genießt und genießen läßt, ist immer noch besser als ein Frömmler, der fastet und geizt.

*

Wer auf die Sinnenfreuden verzichtet um des Beifalls und der guten Meinung der

Leute willen, der hat nur offene und erlaubte Lust durch geheime, verborgene und verbotene ersetzt:

Der die Welt mit einem Winkel tauschte –
tat er es für Allah?
Oder weil in seines Spiegels Dunkel
er die eigne Fratze sah?

*

Kommt wenig zu wenig,
so wird draus ein Heer;
stößt Tröpfchen zu Tröpfchen:
ein tobendes Meer.

Das kann bedeuten, daß diejenigen, die heute beherrscht werden, weil sie noch nicht genug Macht besitzen, in aller Stille ihre Kräfte sammeln und wachsen lassen, bis ihre Stunde gekommen ist und sie ihren Tyrannen den Untergang bereiten.

*

Es ziemt sich eines Wissenden nicht, daß er mit Milde die Torheiten eines Banausen entschuldigt. Tut er das nämlich, bringt es doppelten Schaden: es schwächt die Würde des Geistes und stärkt die Macht der Dummheit in dieser Welt.

*

Verbrechen sind schändlich, wer immer sie auch begehen mag. Doch ist die Schuld um so größer, je wissender der Schuldige ist. Denn Wissen ist die Waffe wider den Satan. Wird nun ein schwer Bewaffneter dennoch vom Feind überwältigt und gefangengenommen, so ist die Niederlage doppelt traurig und beschämend; denn:

Es ist dasselbe nicht, wenn unter eines Blinden Füßen
wankt der Grund –
und wenn ein Sehender sich frevelnd stürzen läßt
zum Abgrund.

*

Das Leben ruht in der Hut eines Atemzuges, und diese Welt ist nur ein Augenblick zwischen den zwei leeren Unendlichkeiten von Vergangenheit und Zukunft.

Verkaufst du um irdische Nichtigkeit
  deinen Glauben,
läßt du für Tand deiner einzigen
  Wichtigkeit
dich berauben.

*

Wer nichts als Schulden besitzt, ist für den Sultan ebenso unergiebig wie für den Satan ein reines Herz.

*

Wessen Brot nicht zu Lebzeiten
die Menschen gegessen,
der wird nach dem Tode
von ihnen vergessen.

*

Wie köstlich die Traube ist, weiß der Durstige besser als der Herr des Rebgartens.

*

Während die Dürre Ägypten heimsuchte, lehnte Joseph es ab, sich satt zu essen, um nicht in seinem Herzen der Hungrigen Not zu vergessen.

*

In Zeiten des Elends sollst du die Armen
nicht nach ihrem Befinden fragen –
es sei denn, du wollest und könnest
auch heilen
Wunden und Leiden, die sie dir klagen.

*

Zweierlei ist unmöglich: mehr, als was dir vorbestimmt ist, zu erwerben, und vor deiner Todesstunde zu sterben.

*

Darum: o du, der du dich sorgst und plagst um dein tägliches Brot – setze dich vertrauensvoll hin und verzehre, was dir beschieden ist, in Frieden; und du, der du vom Todesengel gerufen wirst – versuche nicht zu fliehen, was dir doch von Anbeginn bestimmt war.

*

Was ihr nicht zugeteilt ist,
das wird deine Hand
nicht fassen und halten können,
was sie auch tut –
und was ihr vom Schicksal zugedacht ist,
das erhält sie, ob sie nun schafft oder ruht.

*

So wird der Fischer,
hat sein Geschick es beschlossen,
trotz aller Mühe im ganzen Tigris
nichts fangen –
und muß der Fisch, hält der Tod
seine Augen geschlossen,
auch auf dem Strand im Sand um sein
Leben nicht bangen.

*

Der verkommene Reiche ist ein mit Gold überzogener Erdkloß, und der vollkommene Arme ein mit Erde verkrustetes Engelsgesicht. Kennzeichen des letzteren ist der Flickenrock von Moses, und dasjenige des ersteren der juwelenverzierte Bart des Pharao.

*

Das Leiden der Guten ist ein Durchgang
auf dem Wege des Lichts,
und das Glück der Schlechten ein Irrlicht
vor dem Abgrund des Nichts.

*

Der neidische Mensch geizt mit den Segenspenden des Allmächtigen und verfolgt mit seiner Feindschaft Unschuldige.

*

Ein Scholar ohne Wissensdurst ist ein Liebender mit leeren Händen; ein Gottsucher ohne Kenntnisse ein Vogel ohne Flügel; ein

Gelehrter, der seine Erkenntnisse nicht lebt, ein Baum, der keine Früchte trägt; und ein Frommer, dem es an Wissen fehlt, ein türloses Haus.

*

Der Koran wurde offenbart,
damit wir ihn im Herzen tragen
und durch Handeln bekennen –
und nicht, damit ihn die glatten
Zungen aufsagen
und alle Suren der Reihe nach nennen.

*

Ein einfacher Mann ohne Bildung, der gläubig lebt, ist ein Fußgänger unterwegs – und ein wissender Kopf, der sich treiben läßt, ein eingeschlafener Reiter. Auch ist der Rebell, der seine Hand nach Gott ausstreckt, ein besserer Mensch als der eingebildete Pharisäer.

*

Es wurde jemand gefragt: «Wem gleicht jener, der Erkenntnis besitzt, ohne darnach zu leben?» Und er antwortete: «Einer Biene, die keinen Honig einbringt...»

*

Männer ohne Mannhaftigkeit sind Weiber, und habgierige Fromme Räuber.

*

Zweierlei Arten von Unglücksraben
werden zu vergessen Mühe haben:
der Kaufmann,
  der sein Schiff versinken sieht,
und der Erbe,
  der unter die Bettelmönche geriet.

*

Ist auch des Sultans Ehrenkleid teuer: der eigene Flickenrock ist noch teurer – und wie lecker auch das Mahl an der Tafel der Mächtigen sein mag: die Brocken aus deinem eigenen Wandersack bekommen dir besser.

*

Wer eine Droge auf gut Glück einnimmt, gleicht einem Wanderer, der ohne Karawane einen Weg einschlägt, von dem er nicht weiß, wohin er führt. Beides widerspricht der Vernunft.

*

Den großen Lehrer Imam Mohammad Ghazzali – Allah sei ihm barmherzig – fragte man einst: «Wie ist es dir nur gelungen, eine so hohe Stufe des Wissens zu erreichen?» Er antwortete: «Dadurch, daß ich es niemals für eine Schande gehalten habe, zu fragen, sooft ich etwas noch nicht gewußt oder begriffen hatte...»

*

Dagegen sollte ein Fürst nicht nach Dingen fragen, die er ohnehin erfahren wird. Er sollte mit Fragen zurückhaltend sein, weil das Eingeständnis der Unwissenheit der Herrscherwürde abträglich ist.

*

Eine der Grundregeln des Zusammenlebens ist diese:

Stelle dich gut mit dem Herrn im Haus –
und kannst du das nicht, so ziehe aus.

*

Wer sich zu Schlechten gesellt, wird in den Verdacht kommen, deren Gesinnung zu teilen – auch und selbst dann, wenn er sich von ihrem Einfluß freihält. Wer eine Schenke aufsucht, von dem nimmt man nicht an, er werde dort beten, sondern Wein trinken.

*

Wie man weiß, geht die Sanftheit des Kamels so weit, daß es sich selbst von einem kleinen Kind zügeln und führen läßt – wohin und wie lange auch immer. Mit einer Ausnahme freilich: Nähert sich nämlich das Kind in seiner Unwissenheit und Unerfahrenheit einer Gefahr, einem Abgrund etwa, der dem Tier und ihm selbst den Tod brächte, so verweigert das Kamel den Gehorsam, bleibt stehen, und nichts kann es dazu bringen, den Weg fortzusetzen.

Das Kamel gibt damit uns Menschen ein gutes Vorbild: man soll wissen, wo man mild und nachgiebig sein darf, und wo statt dessen Härte und Widerstand geboten sind. Es heißt ja nicht umsonst: Weichheit macht den Feind nicht zum Freund, sondern läßt nur seine Gier und Anmaßung ins Übermaß wachsen.

*

Wer die Rede anderer unterbricht, um dadurch seine Überlegenheit zu erweisen, wird damit im Gegenteil nur seine Dummheit und Roheit beweisen.

*

Folge und Wirkung einer Lüge gleichen denen einer Schwertwunde: diese mag heilen, aber es bleibt eine Narbe. Nachdem Josephs Brüder einmal gelogen hatten, vertraute man ihnen auch dann nicht mehr, wenn sie die Wahrheit sprachen.

*

Man hält den Menschen für das erhabenste aller Geschöpfe und den Hund für eines der niedrigsten. Und doch stimmen die Weisen in der Ansicht überein, daß ein dankbarer Hund besser sei als ein undankbarer Mensch:

Gabst du einmal
einem Hund zu fressen,
wird er es dir
niemals mehr vergessen –
doch die hundert Steine
zählt er nicht!
Jedoch verwöhne
den gemeinen Menschenwicht
ein Leben lang:
und wegen irgendeiner Kleinigkeit
ist er auch schon
dein Feind zu sein, bereit...

*

Wer seinen Gelüsten lebt, von dem kann man keine Könnerschaft erwarten – und zur Führung ist nur der Könner berufen.

*

Im Evangelium der Christen stehen die Worte: «O Menschenkind, wenn ich dir Reichtum schenke, so vergissest du mich über deinem Hab und Gut; und belasse ich dich in Armut, so füllt dein Herz die Traurigkeit darüber. Wie also willst du die Köstlichkeit, meiner zu gedenken, erleben? Und wann willst du darnach, mich in Andacht zu finden, streben?»

*

Der Wille des Einen und Einzigen, der unbeschreiblich ist, hält die Throne von Königen feil – und hält, gefällt es ihm, den Schiffbrüchigen im Fischbauch noch heil.

*

Wenn der Allmächtige das Schwert seines Zornes zückt, gehen selbst die Propheten und Heiligen voll Angst gebückt; doch wenn die Sonne seiner Güte und Gnade scheint, sind auch die Bösen mit den Guten vereint.

*

Die Glückskinder ziehen eine Lehre aus den Überlieferungen ihrer Vorfahren, ehe dann ihre Nachkommen sie selber als Vorbilder verehren. Dagegen sind die zum Unheil Verdammten wie jene Diebe, die erst zu stehlen aufhören, nachdem man ihnen die Hände abgehauen hat.

*

Derjenige, dessen Seele von Anbeginn taub ist – wie sollte der den Rufer verstehen? Und jener andere, der in der Schlinge der Glückseligkeit geboren ist – wie sollte er ihrem Zug widerstehen?

*

Besser ein Bettler,
zum Glück geboren,
als ein Schah, wider den sich
das Schicksal verschworen.

*

Gott sieht
und verhüllt –
der Nachbar ist blind
und brüllt.

*

Um das Gold zu gewinnen,
muß man es aus der Mine im Berg-
innern schaben;
wollte man es erhalten vom Geizigen,
müßte man es aus seiner Seele ausgraben.

*

Wer denen, die ihm unterstellt sind,
keine Milde gewährte,
den trifft einst von oben das Echo
der eigenen Härte.

*

Wo Zwietracht entsteht, da lichtet der Kluge den Anker, und wo der Friede besteht, da wirft er ihn aus.

*

Ein Derwisch betete zu Gott: «O Herr, erbarme du dich doch der Bösen; denn der Guten hast du dich schon immer erbarmt, da du sie ja gut erschaffen hast!...»

*

Man fragte einst einen Großen: «Wie kommt es nur, daß man immer die linke Hand mit dem Siegelring schmückt, und nicht die doch bessere rechte?»

«Weißt du denn nicht», erwiderte jener, «daß stets in dieser Welt der Vortreffliche zu kurz kommt?»

*

Die Herrschenden richtig zu beraten, ist die Aufgabe derer, die weder für ihren Kopf fürchten, noch ihre Hoffnung auf Belohnung setzen.

*

Die Zähne gewöhnlicher Sterblicher werden stumpf von Saurem – die der Richter jedoch von Süßem.

*

Die alte Hure, die keiner mehr will, wird gerne geloben, nicht mehr zu huren – so wie der Polizeihauptmann, der abgesetzt wurde, den Menschen verspricht, sie nicht mehr zu quälen.

*

Einem Weisen stellte man einst die Frage: «Wie kommt es denn, daß man gerade die Zypresse ‹die Freie› nennt? So viele Bäume hat doch der Allmächtige erschaffen, die berühmt sind ihrer Früchte wegen – und doch hat man jenen Ehrentitel nicht ihnen, sondern der unfruchtbaren Zypresse verliehen. Warum das?»

Der Weise erwiderte: «Jeder dieser Bäume, von denen du gesprochen hast, hat seinen bestimmten Nutzen und seine umgrenzte Aufgabe. Zu gewissen festgesetzten Zeiten grünt er, steht in Blüte, trägt Frucht, um dann zu welken und nackt, kahl und leer dazustehen. Die Zypresse jedoch? Sie allein, sieh, ist keinem Wechsel und keinem Zweck unterworfen – sie, die Immergrüne, bleibt sich ständig treu und gleich; und *das* eben ist das Kennzeichen der Freien ...»

Häng nicht dein Herz an das,
was doch vergeht:
der Tigris fließt durch Baghdad länger,
als des Kalifen Thron dort steht.
Vermagst du es, so sei
an Edelmut der Palme gleich –
wenn nicht, so sei so frei
wie die Zypresse ist in ihrem Reich.

NACHWORT

Scheich Saadi und sein «Rosengarten»

Scheich Saadi – auch «Sa'di» oder «Sadi» geschrieben – aus Schiras, den seine persischen Landsleute «scheich-e adschall», «erhabensten Scheich», nennen, hieß mit seinem vollen Namen: Mosleh od-din Abu Mohammad Abdollah ebn Moscharref ebn Mosleh ebn Moscharref. Die Bezeichnung «Saadi» hat sich der Dichter später selbst zugelegt, und zwar offenbar zu Ehren des Atabeg *Saad ebn Zangi*, der bis 623 H. (1226 n. Chr.) Herrscher von Schiras und der umliegenden Landstriche war.

Der iranische Gelehrte A. Eqbal, und mit ihm europäische Orientalisten wie J. Rypka, sind allerdings der Ansicht, den Anlaß für die Wahl jenes Namens habe erst ein Enkel des erwähnten Fürsten gegeben, der gleichfalls «Saad» hieß, und dem unser Dichter im Jahre 656 (1258) seinen *Golestan* («Rosen»- oder auch «Blumengarten») gewidmet hat.

Diese kleine Streitfrage ist verknüpft mit einer größeren: derjenigen um Saadis *Geburtsdatum* und vermutliche Lebensdauer. Die östlichen und westlichen Gelehrten haben dieses Problem noch immer nicht lösen können; und wir müssen uns hier darauf beschränken, die verschiedenen Auffassungen zur Auswahl vorzulegen. Nach der orientalischen Überlieferung, die ich persönlich für die wahrscheinlichste halte, wäre Scheich Saadi im Jahre 580 H. (1184 n. Chr.) zur Welt gekommen. Daneben gibt es zwei andere Hypothesen: Die eine verlegt das Ereignis auf das Jahr 606 (1209), die andere in die Zeit zwischen 610 und 615 H. (1213–1219). Gesichert scheint hingegen das *Todesdatum*. Saadi, so wird uns berichtet, ist am 27. Zi 'l-Heddscha 691 H. (= 10. Dezember 1292) gestorben. Er wäre also nach Auffassung der einen rund 110, nach derjenigen anderer wenigstens 75 bis 80 Jahre alt geworden.

Auch aus dem Leben des Scheichs sind mit einiger Sicherheit nur verhältnismäßig wenige Fakten und Episoden belegt: im wesentlichen *jene*, die uns der Dichter selbst im «Rosengarten» und anderen Werken mitteilt. Saadis Vater, ein angesehener Geistlicher am Hof von Schiras, starb früh. Sein Sohn wurde, wahrscheinlich vom Fürsten selbst, nach Baghdad zur Ausbildung an die damals berühmte Hochschule Nezamiyeh gesandt. Anschließend führte Saadi während Jahrzehnten ein unstetes, nur von kürzeren Aufenthalten in seiner von politischen Wirren heimgesuchten Vaterstadt unterbrochenes Wanderleben. Mehrmals pilgerte er nach Mekka, bereiste Nordafrika, Ägypten, Syrien, Kleinasien, Afghanistan, Turkestan, Hindustan; mußte als Kriegsgefangener der fränkischen Kreuzfahrer Zwangsarbeit leisten; schloß zwei Ehen, die beide unglücklich verliefen; und hatte einen Sohn, dessen früher Tod in seinem Herzen «ein unvergängliches Brandmal hinterließ». Saadi genoß schon zu Lebzeiten als Dichter und Weiser einen weit über seine engere

Heimat hinausgehenden Ruhm. Sein Alter verbrachte er, in wachsender Zurückgezogenheit, in seiner Vaterstadt Schiras. Dort starb er auch, von hoch und niedrig wie ein Heiliger verehrt, als Ordensscheich eines Derwischklosters. –

*

Der Dichter selbst verrät uns im Vorwort zu seinem Werk, wie es zur Entstehung des «Rosengartens» gekommen ist. Die kleine Episode ist nicht nur überaus reizvoll als eine jener verhältnismäßig seltenen Stellen, die uns Einblick gewähren in die persönliche Lebenssphäre des Scheichs – sie ist darüber hinaus auch ein wertvolles Dokument über das Verhältnis von Natur und Geist, von bloßer Existenz in der Zeit und deren überzeitlicher Verdichtung im Kunstwerk, aus dem Sichtwinkel der orientalischen Tradition. Wir fassen zusammen:

Er habe – so berichtet uns Saadi – eines Nachts über sein vergangenes Leben meditiert. Dabei sei ihm bewußt geworden, wie rasch und unwiderruflich doch dieses Dasein verfließe, «in jedem Augenblick ein Atemhauch». Aus Gram darüber, daß er seine kostbare Zeit, diesen «Schnee in der Sommersonne», einem Schläfer gleich ungenützt vertan habe, sei er in Tränen ausgebrochen. Er habe in seinem Inneren den Entschluß gefaßt, die ihm noch verbleibenden Tage in Einsamkeit zu verbringen, zu schweigen, die Gesellschaft der Menschen und ihr nichtiges Gerede zu meiden; denn «der Mann, der klug und vollendet, setzt nicht das Herz auf des Diesseits Betrieb...»

Nachdem er jedoch, fährt der Scheich fort, diesen Vorsatz gefaßt hat, überschreitet «nach altem Brauch» einer seiner Freunde die Schwelle, ein langjähriger treuer Gefährte in Freude und Leid. Dieser Besucher beginnt, wie er es gewohnt ist, zu plaudern; aber der Dichter, seinem Gelöbnis getreu, erwidert hierauf kein einziges Wort. Ein Angehöriger Saadis klärt den Gast schließlich auf. Dieser äußert offen seinen Ärger und seine Empörung, und er schwört «bei der Majestät des Allmächtigen», er werde sich nicht von der Stelle rühren, ehe nicht der Meister das Wort an ihn gerichtet habe; «denn seine Freunde verletzen, ist die Sache von Barbaren und Ketzern...»

Da muß der Scheich wohl oder übel sein Schweigen brechen; und weil es gerade Frühling geworden ist, «die Nachtigallen reden und die Rosen Tauperlen weinen», wandert er mit dem Freund zu den Rosengärten um Schiras. Es ist eine Sternennacht von großer Schönheit. Die beiden verbringen sie wandelnd und im Gespräch; und erst als der neue Tag dämmert, wenden sie sich heimwärts. Unterwegs aber will der Freund noch einen Strauß von Rosen und anderen Blumen pflücken. Als Saadi das sieht, spricht er zu ihm: «Du weißt doch, daß diese Blüten nicht dauern, und daß man der Treue des Rosengartens nicht trauen darf? Denn darum haben ja die Weisen auch gesagt:

‹Du sollst den Dingen, die nicht währen,
nicht Einlaß in dein Herz gewähren›...»

«Was läßt sich dagegen denn tun?» erwidert der Freund; und in diesem Augenblick, so erfahren wir, faßt Saadi den Plan zu seinem Buch. Er werde, vertraut er dem Freund an, einen «Rosengarten» schreiben, «dessen Blätter der Herbststurm nicht zerfetzen und dessen Frühlingslust das Rad der Zeit nicht zerstören kann...»

Voll Begeisterung läßt darauf der Freund seinen Blumenstrauß fallen, nimmt den Meister beim Wort und erinnert ihn an das arabische Sprichwort: «Wenn der Edle etwas verspricht, so hält er es auch...»

Und wirklich begann Scheich Saadi noch am gleichen Tag mit der Niederschrift seines Buches, und er vollendete es, wie er stolz sagt, «noch ehe die Rosen jenes Gartens verwelkt waren...»

*

In einer der schönsten unserer Geschichten – deren Schluß unter Persern sprichwörtliche Berühmtheit genießt – wird erzählt, daß ein König von der Liebe Madschnuns zu Leila gehört und den Jüngling getadelt habe, weil er einer unglücklichen Leidenschaft wegen Sippe und Menschenwelt verlassen hatte, um als wahnsinniger Poet in der Wüste unter den wilden Tieren zu hausen. Madschnun erwidert dem Herrscher, daß dieser, um zu verstehen, «Leilas Schönheit» kennen müßte. Darauf läßt der Sultan die so Angebetete suchen und vor sich bringen. Doch wen bekommt er da zu sehen? «Eine Beduinin, irgendeine», mit der verglichen ihn «noch die letzte Sklavin seines Harems» reizvoller dünkt. Das errät der Liebende, den sein Wahnsinn hellsichtig macht, und erklärt dem König, er müßte eben, um *wirklich* zu verstehen, Leilas Schönheit sehen können «mit den Augen von Madschnun»...

Was zeigt uns diese Geschichte? Es lassen sich an ihr, gleichsam stellvertretend, eine Reihe von Merkmalen aufzeigen, die für den «Rosengarten» – und mit ihm auch für einen Großteil der klassischen Literatur des Orients überhaupt – charakteristisch sind.

Zunächst einmal: Wie in so vielen anderen Erzählungen, entstammt auch hier das

Motiv nicht etwa der Phantasie oder dem persönlichen Lebensbereich des Dichters, sondern jener Schatzkammer von Tradition, die schon damals Allgemeingut der islamischen Völker von der Atlantikküste bis tief nach Indien und China hinein gewesen ist. Saadi, der ja in den langen Jahren seines Wanderlebens die meisten dieser Gebiete bereist hat, und der neben der persischen auch die arabische Sprache, Dichtung und Überlieferung vollkommen beherrscht, wußte das natürlich. Was aber bedeutet das? Unser Autor fügt sein kleines, aber vollkommen geschliffenes Juwel ganz bewußt in die Kette einer schon vorhandenen, «archetypischen» Vorstellungsreihe ein. Er bedient sich dieser, weckt in seinen Zuhörern oder Lesern die Assoziation an früher Gehörtes oder Gelesenes – das Epos seines großen Vorgängers *Nizami* etwa (man vergleiche «Leila und Madschnun», Manesse 1963) –, und so, indem er ganz behutsam dem bekannten *Alten* sein eigenes *Neues* beimischt, den ererbten Grundfarben mit artistischer Geschicklichkeit ein noch fehlendes Glanzlicht aufsetzt, erweist er sich, aus der Sicht orientalischer Kunst- und Lebensauffassung, als jener unübertroffene Meister der Harmonie, als jener im hohen Sinne erziehende Vermittler zwischen Gestern und Heute, Form und Inhalt, Poesie und Prosa, Individuum und Gesellschaft, Sultan und Derwisch, Natur und Kultur, als der er im Morgenland heute noch gilt.

Ein anderer Grundzug des «Rosengartens», den auch die angeführte Geschichte von Leila und Madschnun deutlich spiegelt, ist sein mystischer *Relativismus.* Dieser durchzieht wie ein roter Faden das ganze Werk, das – mit den Worten des bekannten iranischen Homme de lettres Ali *Daschti* in seinem Buch «Das Reich von Saadi» (Teheran 1960) – «jahrhundertelang als der Inbegriff der Sittenverfeinerung gegolten hat und nach dem Koran das erste Lehrmittel der ABC-Schützen gewesen ist». Scheich Saadi, und mit ihm die Größten unter den orientalischen Dichtern und Denkern, sind in ihrer Haltung gegenüber Gesellschaft und Geschichte durch und durch konservativ. Sie sind das aber nicht, weil sie blind wären für Elend, Tyrannei und Ungerechtigkeit; sondern im Gegenteil: weil sie als geborene Skeptiker, als Erben einer so alten Tradition *über* den wechselnden Perspektiven, Maskierungen und Spielregeln der menschlichen Raubtiernatur und deren Besitzgier und Machtwille stehen.

Der Pionier der modernen persischen Prosaliteratur, Seiyed M. A. *Djamalzadeh*, hat unlängst in einem Aufsatz über die Landreform in Iran diesen Ausspruch von Saadi zitiert: «In dieser Welt ißt der *eine* so viel, daß davon sein Mund überfließt, und bleibt der *andere* so hungrig, daß er den Geist aufgibt...»

Ist das vielleicht in den bald achthundert Jahren, die seither vergangen sind, anders geworden? Nein, Saadi und seinesgleichen glauben nicht an «Fortschritt» und «Erziehung» im westlichen Sinn. Die Wahrheit, so sagen sie, ist wie die Schönheit für jeden etwas anderes: für Madschnun erscheint sie in Leila – aber der Sultan, weil er kein Liebender ist, bleibt dafür blind.

«Ein Wolf wird am Ende das Wolfskind,
auch wenn, die es aufziehen, Mensch sind»

sagt Saadi in der dritten unserer Geschichten; und in denen der «Siebenten Pforte», ganz besonders aber in den Meditationen der «Achten Pforte», erweist sich der Schiraser Meister als einer der brillantesten Anwälte konservativen Denkens: darin vergleichbar (wenn auch nicht gleichzusetzen) dem Spanier Baltasar *Gracian*, dem Italiener Niccolo *Machiavelli*, dem Franzosen Joseph *de Maistre*, dem Deutschen Arthur *Schopenhauer*.

Von den Genannten unterscheidet allerdings den persischen Scheich seine primäre Verwurzelung in Dichtung und Dichtertum einerseits, in der spezifisch morgenländischen Mystik anderseits.

Natürlich kann keine Übersetzung dem *Wortkünstler* Saadi jemals auch nur annähernd gerecht werden. «Wer ist der größte Dichter Irans?» lautete im Jahre 1934 eine Umfrage der damals in Persien sehr populären Zeitschrift «Mehr»; und in den

Antworten wurden neben dem Nationaldichter Ferdousi (dessen Tausendjahrfeier man eben beging) am meisten genannt: Hafez (Hafis) und Saadi. «Es ist Saadi», erklärte auch der gegenwärtige Herrscher, Schah Mohammad Reza *Pahlavi*, in einer seiner Ansprachen, «der unserer Kunst der Rede das Fundament bereitet hat; und *er* ist es, der die persische Poesie auf einen Gipfel führte, so daß von ihr gesagt werden kann, sie sei zu Schönheit und Beredsamkeit schlechthin geworden...»

Was die Perser am «Rosengarten» am meisten bewundern, könnte vielleicht als dessen «raffinierte Einfachheit» definiert werden. Scheich Saadi schreibt eine Prosa, die nicht nur ständig, völlig zwanglos und scheinbar ohne Mühe, in die Verdichtung des Verses übergeht, sondern die sich überdies, durch das verbindende und vermittelnde Element der Reimprosa, ferner durch geschickt eingestreute Sentenzen, häufige Arabismen und Zitate des Korans und der arabischen Klassiker, zusätzliche Mittel der Differenzierung schafft – *ohne* doch jemals überladen und schwülstig zu wirken wie so viele Werke späterer Nachahmer.

Damit ist Saadi im persischen Sprachgebiet zum unbestrittenen Schöpfer *des* gehobenen Prosastils geworden, der zwischen der Umgangssprache und dem so hoch entwickelten Vers eine Mittel- und Vermittlerstellung einnimmt, und der dem gebildeten Iraner nach wie vor als ein Musterbeispiel des geschriebenen wie gesprochenen Wortes gilt. Erst in neuester Zeit, im Gefolge einer fragwürdigen, wenn auch wohl zwangsläufigen «Verwestlichung», sind einige Schriftsteller und Dichter dazu übergegangen, die künstlerischen und existentiellen Wertmaßstäbe der in Saadi verkörperten Tradition anzufechten. (Zur Entwicklung der persischen Literatur im 19. und 20. Jahrh. vergl. man meine Einleitungen zu «Persische Meistererzähler der Gegenwart» und «Liebe und Abenteuer des Amir Arsalan», Manesse 1961 und 1965.)

Für heutige und westliche Leser mag es nicht immer ganz leicht sein, zu verstehen, was Saadi in den Augen des Orientalen seinen besonders hohen Rang sichert. Warum diese Schwierigkeit? Nun, halten wir nochmals diese grundlegende Tatsache fest: daß nach orientalischer Auffassung der Künstler nicht so sehr *Neuschöpfer*, als vielmehr *Vollender* zu sein hat. Das Kunstwerk soll (erinnern wir uns der oben mitgeteilten Entstehungsgeschichte unseres «Golestan»!) gleichsam ein doppelt geschliffener Spiegel sein *zwischen* der vergänglichen Zeitwelt und einer Vision des Unvergänglichen.

Aber welcher Vision? Ich habe schon in anderem Zusammenhang darauf hingewiesen, um welches Urbild und Vorbild die morgenländischen Dichter und Künstler kreisen, welchem Traum sie folgen, welcher Archetypus ihre Werke und Wertmaßstäbe am tiefsten geprägt hat: es ist der *Garten des Paradieses.* In der auch dichterisch hinreißenden Paradies-Vision des Korans besitzt ja der islamische Orient eine Jenseits-Konzeption, die – anders als die jüdisch-christliche – vom Diesseits nicht eigentlich geschieden und *ver*schieden ist, sondern vielmehr dessen höchste Verdichtung und

Verklärung in einem «Ewigen Augenblick» jenseits von Zeit und Raum darstellt.

«Die Moslems», so stellte ich in der erwähnten Untersuchung fest, «auch die einfachsten und elendesten, wissen also, was sie dort (im Paradies) erwarten dürfen; nämlich: Gefährtinnen, ‹die weder Mensch noch Dämon jemals berührte›, anzusehen, ‹als wären sie Hyazinthe und Korallen› in Gärten ‹in grünem Schimmer›; und ‹unsterbliche Schenken›, die einen Trank kredenzen, ‹von dem sie kein Kopfweh haben und nicht das Bewußtsein verlieren sollen› –

‹unter dornenlosem Lotos
und Bananen mit Blütenschichten
und weitem Schatten
und bei strömenden Wassern
und Früchten, so vielen,
unaufhörlichen und unverwehrten,
und thronend auf Polstern…›

(Koran, Suren 55/56)

Durch solche und ähnliche Bilder, deren Wortmusik im arabischen Original eine unerhörte, unübersetzbare Magie ausübt, wird die Paradies-Vorstellung dem Orientalen von Kindheit an unauslöschlich eingeprägt. So wird ihm, ob er es weiß und will oder nicht, der ‹Garten der Seligen› zum Inbegriff der Vollkommenheit überhaupt. Die islamischen Dichter und Denker, Erzähler und Ekstatiker, Kalligraphen und Miniaturenmaler: sie alle kreisen um diese Vision ewiger Harmonie. Davon einen Abglanz zu schaffen, ist das Verlangen der Künstler…» («Vom Rausch im Orient und Okzident», Stuttgart 1966.)

Während im Westen die Entwicklung zu einem immer ausgeprägteren Individualismus bewirkt hat, daß der einzelne Künstler unter «Stil» die Gestaltung seiner persönlichen Perspektive in Zeit und Raum verstand, sind die orientalischen Kunstwerke umgekehrt aus einer Seinshaltung heraus entstanden, die alles Subjektive einem überpersönlichen Gesetz der *Harmonie* unterordnet. Ob wir nun persische Teppiche, Gärten, Keramik, Miniaturen, kalligraphische Schriftbänder an Moscheen, Handschriften oder eben Dichtungen als Beispiele heranziehen: immer werden wir, bei aller Verschiedenheit der Qualität, ein gleiches und gemeinsames Streben in Richtung auf *ein* Ideal hin feststellen können. Und dieses Ideal – worin besteht es? Wenn wir die größten Meister und ihre Spitzenwerke miteinander vergleichen, so kann darüber kein Zweifel aufkommen: diese Künstler streben darnach, die Materie zu entmaterialisieren, die Schwerkraft des Stofflichen zu überwinden, aufzuheben und überzuführen in Abbilder und Schattenbilder einer höheren Wirklichkeit, die, jenseits der Wolkendecke von Werden und Vergehen, immerzu unveränderlich besteht. Allerdings kann diese Lichtwelt vom Alltagsbewußtsein und seinen fünf Sinnen nicht wahrgenommen werden; es bedarf hiezu jenes «sechsten Sinnes», den Eros und Ekstase verleihen, den in Saadis erwähnter Geschichte von Madschnun und dem Sultan der Liebende besitzt, und von dem ein anderer persischer Dichter, *Hatef*, gesagt hat:

Das Herzauge öffne, die Seelen zu sehen:
es wird, was sonst Augen verfehlen,
verstehen...

Auch *Nizami* hat diese Aufgabe der Kunst im Sinn, wenn er sich als Dichter einen «Spiegel» nennt, der «das Unsichtbare sichtbar macht».

«Die Liebe ist der Lehrling, und des Geliebten Schönheit der Meister», heißt es bei Dschalaloddin *Rumi;* und ein anderer Dichtermystiker, Scheich Fachroddin *Eraqi*, schreibt in seinem «Buch der Blitze», für Madschnun sei der Anblick Leilas ein Spiegel, «in dem er eine Schönheit schaut, außer der alles häßlich ist: das Spiegelbild der absoluten Schönheit...»

Vergleichen wir nun damit den Ausspruch von Scheich Saadi, er habe einen «Rosengarten» schaffen wollen, den kein Herbststurm zerfetzen und den «das Rad der Zeit» nicht zerstören könne; und erinnern wir uns seiner Worte über die Schönheit Leilas, die «nur mit den Augen von Madschnun» sichtbar wird – so erkennen wir den weiteren Rahmen, die allgemeine Bewußtseinslage und den seelischen Wurzelgrund, aus dem auch dieses Meisterwerk der persischen Literatur gewachsen ist.

*

Der Europäer unserer Zeit begegnet im «Rosengarten» einer Art von existentiellem Relativismus, der ihn gleichzeitig fasziniert und verwirrt, anzieht und abstößt, bezaubert und befremdet. Von westlichen Freunden, denen ich während der Übersetzungsarbeit von diesem Werk erzählt und daraus vorgelesen habe, hörte ich darauf Fragen wie diese: Warum verbindet nur dieser Dichter, den doch die Orientalen auch für einen großen Erzieher halten, mit soviel Lebensweisheit einen solchen Mangel an Grundsätzen? Wie kann er das eine Mal die Wahrheitsliebe preisen, und dann wieder die schlaue Lüge? Wie zu Gerechtigkeit und Güte ermahnen, da er doch glaubt, es sei alles vorbestimmt vom «Himmelsrad» seit Anbeginn? Wie kann er sich heute von der Sinnenliebe berücken und entzücken lassen und morgen wiederum die Weltabkehr predigen? Den Sultan bewundern um seiner Macht und seines Reichtums willen, und zugleich den Derwisch wegen seiner Freiheit von beidem? Die Beredsamkeit loben und das Schweigen rühmen? Die Knabenliebe besingen, aber vor den Fallstricken und Täuschungen der Triebseele warnen? Die Freundschaft suchen und die Einsamkeit empfehlen? Ist denn dieser morgenländische Weise nicht ein vielgesichtiger Proteus, ist er nicht alle und alles zusammen: unschuldig und raffiniert, ernst und verspielt, sanft und hartherzig, gläubig und skeptisch, kalt berechnend und leidenschaftlich erregt, halb ein Weltmann und Höfling, halb ein Eremit und Asket, phantastisch wie Kinder und abgeklärt wie Greise sind?

Nun, der Leser weiß es ja selbst: Saadis «Rosengarten» ist tatsächlich voll von solchen, echten oder scheinbaren, Widersprüchen. Der Orientale freilich empfindet und urteilt da grundsätzlich anders als der Westländer. Für *ihn* nämlich, den geborenen

Relativisten, lautet die Frage nicht: Was ist gut und was böse, was richtig und falsch, wertvoll und nichtig? Sondern: was ist für einen bestimmten Menschen in der oder jener Situation gut, richtig und wertvoll? Juwelen, so sagt beispielsweise unser Dichter in einer ebenso kurzen wie tiefsinnigen Geschichte, Juwelen gelten zwar im Bazar für wertvoller als Brot; wenn nun aber ihr Besitzer, in der Wüste verirrt, dem Hungertode nah ist, *dann* verhält es sich umgekehrt, und ist die Brotkrume oder der Wassertropfen wertvoller als die Perle.

Wenn wir die, äußerlich und einzeln betrachtet, so einfachen Erzählungen des «Rosengartens» der Reihe nach lesen, und sie dann nach der gedanklich zusammenfassenden «Achten Pforte» als Ganzes nochmals auf uns wirken lassen, so werden wir zugeben müssen, daß die festgestellten Widersprüche nur an der Oberfläche bestehen, während sie in einer tieferen Schicht wieder aufgehoben erscheinen. Ein geheimes *Leitmotiv* durchzieht unausgesprochen, aber deutlich spürbar das ganze Buch, dessen kleine und kleinste Teile es wie farbige Scherben zu einem Glasfenster fügt.

Was aber ist das? Ich würde sagen: das immer gegenwärtige Wissen dieses Dichters um die Vielschichtigkeit der Menschennatur, und die daraus entspringende Vieldeutigkeit aller unserer Werte, Worte, Wünsche und Werke. Es ist diese tiefgründige Kenntnis des Menschen und der menschlichen Gesellschaft, die den geistigen Standort des «Rosengartens» innerhalb der persischen Literatur bestimmt und ihn noch heute in den Schulen von Iran, Afghanistan, Pakistan und teilweise auch Indien als *das* Brevier der Lebenskunst gelten läßt. Es ist aber auch dieser Zug zur Welt des Alltäglichen, gepaart mit bewußter Einfachheit der Darstellung, der den Autor – in diesem *einen* Werk jedenfalls – von den übrigen großen Dichtern unterscheidet.

Hier spricht kein rückwärtsgewandter Heldenbeschwörer wie *Ferdousi*, kein einsamer Seher und Dichter des Traums wie *Nizami*, kein Sänger des Rausches wie *Hafez*, kein liebestrunkener Ekstatiker wie

Rumi – sondern in erster Linie ein Erzieher (nicht Schulmeister!) par excellence, darin Plato in seinen «Dialogen» vergleichbar, ein Weltmann auch, ein in äußeren wie inneren Bereichen Vielgereister, Vielgeprüfter, Vielbewanderter.

Hätte das Saadi gewollt, so wäre es ihm wohl ein leichtes gewesen, ein Buch der Abenteuer, der Wunder und Seltsamkeiten aus aller Welt zu schreiben – ähnlich wie das sein abendländischer Zeitgenosse, der Venezianer und Chinareisende Marco *Polo*, ja bekanntlich getan hat. Aber Polo wiederum war ein Tatmensch reinster Prägung, ein «Mann des Schwertes», kein «Mann der Feder», wie es damals im Orient hieß. Ihn lockte die Aussicht auf Schätze, auf Entdeckungen handgreiflicher Art, auf weltliche Macht und Ehren; und erst die Langeweile der erzwungenen Muße in genuesischer Kriegsgefangenschaft (1296–1299) brachte ihn schließlich dazu, sich seiner vergangenen Erlebnisse und Erfahrungen wieder zu erinnern.

Vergleichen wir diese so berühmten

Memoiren Polos mit dem Brevier unseres Scheich Saadi, so ergeben sich kaum irgendwelche Berührungspunkte, die über das rein Zufällige hinausgingen. Mit Verwunderung stellen wir die grundverschiedene Wesensart, Anschauungs- und Darstellungsweise dieser beiden Männer fest, die doch im gleichen 13. Jahrhundert lebten, teilweise dieselben Gebiete bereisten, beide ihren Zeitgenossen und Landsleuten darüber berichteten, und beide auch – *Saadi* als Wanderderwisch und Gefangener der christlichen Kreuzfahrer an der syrischen Mittelmeerküste, *Polo* als Handelsherr und Chronist der Assassinen-Legende in Persien – mit Religion und Kulturkreis des anderen in persönliche Berührung gekommen sind.

Sonst jedoch: welch ein Unterschied! Beide Werke, Polos Memoiren und Saadis Brevier, gehören zwar längst zu den in allen Kontinenten gelesenen, in ungezählte Sprachen übersetzten Favoriten der Weltliteratur; aber Stil und Gestimmtheit ihrer Autoren führen uns in Bereiche, die, typologisch gesprochen, verschiedenen Planeten anzugehören scheinen. Das Buch des Italieners ist eine Mischung von Geschäftsbericht und Raritätenkabinett, von trockenen Fakten und Absonderlichkeiten, verfaßt von einem Mann, der besser *auf*zählen als *er*zählen kann, und dessen Schilderungen eine gewisse flachreliefhafte Monotonie kennzeichnet, was durch die Exotik und Phantastik seiner Themen nur noch unterstrichen wird. Dieser Tat- und Willensmensch muß zwar ein ausgezeichnetes Gedächtnis, aber ein sonst eher dürftiges Innenleben besessen haben; denn sein Buch besteht aus einer losen Reihe fast zufällig wirkender «Photographien» von Gesehenem und Gehörtem, Bruchstücken eigener und fremder Erfahrungen und Beobachtungen, die er als dokumentarisches Rohmaterial, wie man heute sagen würde, aber jedenfalls ohne jede künstlerische Verdichtung und psychologische Vertiefung, einfach wiedergibt.

Ganz anders der Perser: Ihm gelten Ereignisse und Erlebnisse, ob er sie nun gelesen, gehört oder selbst erfahren hat, immer nur als Rohstoff, den er sorgfältig prüft, um endlich daraus *jene* Stücke zu wählen, die ihm geeignet erscheinen, zu Perlen geschliffen, poliert und einander wechselseitig verbunden in die Kette seines Kunstwerkes gefügt zu werden. Polo, so hat man den Eindruck, schreibt nur zum eigenen Zeitvertreib; Saadi aber tut es, um dem Zeitstrom, für sich selbst wie für andere, einen *Sinn* abzugewinnen.

*

Moderne Kritiker – westliche wie Jan *Rypka*, orientalische wie Ali *Daschti* – haben Scheich Saadi vorgeworfen, er sei ein Utilitarist und Opportunist, der beispielsweise sowohl den letzten Baghdader Kalifen Mo'tasem wie auch dessen Feind und Bezwinger Hulagu besungen und gepriesen habe; er vertrete eine doppelte Moral und sei ein oft sehr fragwürdiger Erzieher von eher oberflächlicher Religiosität. Freilich sei die Schwierigkeit seiner Aufgabe zuzugeben: nämlich einerseits «den Fürsten und Sultanen mit sanfter und betörender Zunge zu predigen und Gottesfurcht zu lehren» und anderseits «den Menschen zu raten, wie sie dem Übel dieser blutrünstigen Herrscher entgehen könnten...» (A. Daschti). Als gemäßigte und friedliebende Natur habe Saadi, anders als «Rebellen» wie Hasan Sabbah, Omar Cheiyam und Naser Chosrou, einen «Weg der Mitte und des Möglichen» gesucht.

Es stellt sich die Frage, ob solche Gedankengänge nicht eine Mißdeutung des Dichters und des «Rosengartens» aus der verzerrenden Perspektive modern-westlicher Ideologien bilden. Gewiß ist das Verhältnis des Einzelmenschen zur Gesellschaft eines der Hauptanliegen und Grundthemen Saadis. Aber ein «Sozialreformer» im Sinne des 19. und 20. Jahrhunderts ist er sicherlich nicht gewesen. Auch läßt er wahrlich keinen Zweifel an seiner Überzeugung von der Unveränderlichkeit der Menschennatur, von den dadurch bedingten engen Grenzen aller Erziehungsbestrebungen und von dem in wechselnden Masken und Verkleidungen doch immer gleichbleibenden Spiel um die Macht. Dies jedoch schließt einen Glauben an «Fortschritt» und «Weltverbesserung», in welcher Form auch immer, a priori aus. Erlösung, so lehrt Saadi, kann der Mensch nur als *Einzelner* finden (ob er nun Sultan sei oder Derwisch); und niemals durch äußere Umstände und materielle Zielsetzungen, sondern stets nur durch geistige Überhöhung der Stoffwelt, durch mystische Wendung nach *innen*.

Es bleibt deshalb mehr als zweifelhaft, ob ein Saadi unsere moderne Gesellschaft und deren Mächtige für besser und «fortschrittlicher» ansehen würde als die damalige. Ich glaube das nicht und teile vielmehr die Ansicht von Friedrich Georg *Jünger*, der in einem lesenswerten Essay über Saadi und den «Rosengarten» die Sätze schreibt: «Formen der Herrschaft, wie wir ihnen hier begegnen, lassen selbst dort, wo sie ganz aufs Despotische hinauslaufen, einen weiten Kreis menschlicher Beziehungen unberührt und unverletzt, denn sie treffen auf eine alte und hohe Bildung, der gewaltsam nicht beizukommen ist... Unter despotischen Verhältnissen werden die Sitten nicht rauher, sondern milder, und jener blumenhafte Reichtum in der Wahrung der Distanzen, jene erlesenen Umgangsformen, die wir noch auf den persischen Miniaturen studieren können, haben ihre geschichtlichen Voraussetzungen... Im Orient finden wir des öfteren eine ganz inkonventionelle Aufmerksamkeit in den menschlichen Beziehungen, für die das Gegenstück im Abendland nicht leicht zu finden ist. Dieses geistig und auch sinnlich Delikate im Umgang ist in den Dichtungen *Saadis* sehr bemerkbar als ein Element der Verfeinerung, das ohne Takt und hohes Zartgefühl nicht denkbar ist...» (Aus: «Orient und Okzident», Essays. Hamburg 1948).

In seinen «Parerga und Paralipomena», deren souveräne Skepsis und geistvoller Konservatismus manche Ähnlichkeit mit der Haltung von Scheich Saadi aufweisen, vergleicht Arthur *Schopenhauer* die Menschen mit Stachelschweinen, die in der Kälte zusammenrücken, um einander zu erwärmen, sich dann aber stechen und infolgedessen wiederum meiden – «bis sie eine mäßige Entfernung von einander» herausgefunden haben. Schopenhauer fährt fort: «So treibt das Bedürfnis der Gesellschaft, aus der Leere und Monotonie des eigenen Innern entsprungen, die Menschen zueinander; aber ihre vielen widerwärtigen Eigenschaften und unerträglichen Fehler stoßen sie wieder voneinander ab. Die mittlere Entfernung, die sie endlich herausfinden, und bei welcher ein Beisammensein bestehen kann, ist die Höflichkeit und feine Sitte...» Und etwas später gibt er uns dann den guten Rat: «Wer jedoch viel eigene, innere Wärme hat, bleibt lieber aus der Gesellschaft weg, um keine Beschwerde zu geben noch zu empfangen.»

Dieser Ansicht des großen deutschen Philosophen entsprechen dem Sinne nach genau die folgenden Verse unseres *Saadi:*

Gewöhne dich, o Herz, allein zu sein;
denn Leiber im Verein gebären Pein...

*

Die vorliegende deutsche Fassung des «Rosengartens» stützt sich auf die neueste und mit Abstand beste Standardausgabe des persischen Textes von Dr. *Mohammad Chazâ'eli* und dessen sehr ausführlichen, die gesamte orientalische Tradition mit einbeziehenden Kommentar («Scharh-e Golestan», Teheran 1344/1965).

Da es sich darum handelte, dieses klassische Werk des Morgenlandes weniger den Philologen als vielmehr einer möglichst breiten Schicht deutschsprachiger Leser in einer auch heute verständlichen und ansprechenden Form vorzustellen, ist unsere Übersetzung weder vollständig noch genau im wissenschaftlichen Sinne. Von den 181 Geschichten, die (dort unbetitelt) im Original die Pforten I bis VIII enthalten, habe ich hundert und eine ausgewählt: jene nämlich, von denen ich glaube, daß sie auch dem heutigen und westlichen Liebhaber orientalischer Dichtung am ehesten Gewinn und Genuß vermitteln. Auch habe ich die einzelnen Geschichten *frei* übertragen und da, wo es mir nötig erschien, den Text etwas umschreibend erweitert, oder aber umgekehrt gerafft – letzteres insbesondere bei den Versen am Ende jeder Erzählung und im Falle der Betrachtung «Über die rechte Lebensart» (Pforte VIII). Auf diese Weise habe ich versucht, den Leser nicht durch Wiederholungen und Weitschweifigkeiten zu ermüden, was bei einer fachwissenschaftlichen Ausgabe unvermeidbar gewesen wäre.

Diejenigen Leser, die auch den ungekürzten Text kennenzulernen wünschen, verweise ich auf die bisher genaueste deutsche Übersetzung von *K. H. Graf* («Sadi's Rosengarten», 2. Aufl. München 1920), die allerdings durch die modernen persischen Textausgaben überholt ist, manche Irrtümer enthält und dem Laien den Zugang zu dieser Dichtung auch sprachlich nicht leicht macht.

Meine Übersetzung entstand zwischen Herbst 1965 und Frühsommer 1966 in Persien. Dem Verlagsleiter, Herrn Dr. *Walther Meier*, der sie angeregt und mit großem Verständnis betreut hat, sowie Herrn

Kurt Oggier, der den Buchschmuck nach persischen Motiven gezeichnet hat, gilt hier mein herzlicher Dank; ebenso meinen iranischen Freunden, ganz besonders Frau *Parvin Enayatpour*, für ihre wertvollen Ratschläge und Hinweise.

Rudolf Gelpke

INHALT

ERSTE PFORTE:

Vom Wesen und Wandel der Fürsten

ZWEITE PFORTE:

Über Art und Unart der Derwische

DRITTE PFORTE:

Vom Vorzug der Genügsamkeit